Graphisme : Dorothy-Shoes.

Entre deux rafales

Du même auteur :

En secret - roman, L'École des loisirs, 2009.
S'échapper d'ici - roman, L'École des loisirs, 2009.

Né en 1981, **Arnaud Tiercelin** vit actuellement en Gironde et partage sa vie entre l'enseignement et l'écriture.

Arnaud Tiercelin

Entre deux rafales

Pour Alex,
L'histoire d'un garçon
Et d'une fille
Partis, en plein Vent,
Pour toujours.
Ou presque.
Bises, A.

Bordeaux, 2011.

doAdo
AU ROUERGUE

Pour Julie.
Pour Adam et Rose.

Après la nuit, il faudra émerger,
Marcher dans cet entre-deux,
Où le jour vient mais n'est pas arrivé
Et où cependant les yeux
Doivent déjà tout percer.

Françoiz Breut, *Après la nuit.*

Arthur

Sur l'écran, comme dans ma tête, les images sont mélangées. Depuis la surface du volcan, s'écoule un long magma incandescent. J'ouvre un œil et défilent tous azimuts des cargos assommés de marchandises, des manchots empereurs et des astronautes.

Je tends l'oreille mais les mots n'ont pas de sens.

C'est une bouillie ininterrompue.

Je change de chaîne, et déjà ils en parlent.

Ils n'ont qu'un mot à la bouche : l'accident.

Pourtant, c'est tout frais. C'était hier. On parle de moi. On m'appelle Arthur T. On ne donne pas mon nom. Juste le T. Mon nom, pas en entier. Mais pour protéger qui ?

On parle de moi. Du scooter pourri. De la tôle en vrac. Du goudron fondu. Et surtout, on parle d'Emma. Et là, tout est permis. On décrit au plus près. On n'hésite surtout pas à en rajouter.

Arthur T. est un monstre. Le monstre.

J'entends : « Un témoin certifie qu'Arthur T. a fui devant l'horreur, laissant inanimé le corps de la pauvre Emma… »

J'entends des conneries et bien sûr, couché sur ces fauteuils blancs et défoncés, je ne peux pas me défendre.

On était deux à vouloir partir, vous comprenez ça ?
À aucun moment, je lui ai forcé la main.

Je coupe le son et j'approche de la fenêtre. L'horizon se révèle brouillé de nuages, le soleil sur la mer peine à se lever. À se redresser.

En bas, dans la cour, un marronnier perd une feuille. Une longue, verte et légère. Une pour qui l'heure de la mort n'avait évidemment pas sonné.
Voit-on souvent des feuilles mourir en juillet ?

C'est infime. Le vent, dans son élan, l'arrache. Tire dessus. On croirait qu'il a des doigts pour la cueillir. Ou un souffle assez fort. La feuille s'écroule sur un trottoir. Sans ménagement, elle est trimbalée. Un coup à gauche. Un coup à droite.
Comme un cerf-volant.

Un petit la ramasse.
Et s'il comptait la faire sécher dans un livre ? J'ai fait ça des tonnes de fois quand j'avais sept ans. Peut-être son âge.

Là, il est trop tard. La feuille est mouillée, inondée. Les gens ne regardent pas à terre et la feuille rapidement se retrouve piétinée.

L'enfant passe sa main dessus, caresse les nervures, sent les endroits où elle a été écrasée.

Il observe sa mère qui guette le bus, le sac de courses calé entre les pieds et un ongle fraîchement coupé entre les dents.

Elle lui fait signe de la jeter alors il la balance après l'avoir tailladée.

De colère, j'imagine.

D'ici je vois tout. Depuis la fenêtre de cette fichue salle d'attente. Je vois tout.

Leur bus arrive. La porte s'ouvre et les deux ombres s'engouffrent à l'intérieur. Je sursaute. Je crois que l'enfant m'a vu.

Et pourtant de là où je suis, c'est impossible.

Comme un chat, perché. Au troisième étage.

Dix heures que j'y suis. C'est bien simple, j'y ai passé la nuit. C'est interdit, je sais. Les infirmières me l'ont assez répété mais j'ai dit que j'étais son frère.

Dès que l'une d'entre elles passait la tête, les yeux embués de fatigue, je répétais inlassablement : « Je suis le frère d'Emma. »

La larme à l'œil, je les ai regardées intensément. Je sais fixer les gens sans cligner. J'ai tellement vu de paires d'yeux, à n'en plus me rappeler la couleur.

Depuis que je suis né, je fixe les gens. Je cherche à comprendre. Depuis que la Ddass est entrée dans ma vie.

Ça s'appelle comme ça.

Avant on disait l'Assistance. Avant, il paraît qu'on disait : « Je suis de l'Assistance ».

Pourtant, je ne suis pas un assisté. J'existe et je me bats dès qu'on me dévisage avec tristesse. Dès qu'on pose une main sur mon épaule. Dès qu'on veut me filer une pièce. Pas envie qu'on chiale pour moi. Il y a pire. Il y a ceux qui n'ont plus de larmes pour pleurer. Ceux qui en sont privés.

Et je mords si on me dit : « Mon pauvre, tu n'as pas de famille ? »

Ma famille ? Est-ce qu'on peut vraiment parler de famille ? J'essaie parfois de rassembler dans ma tête ce qu'il me reste.

De Yann. Et d'Olga.

Le peu qu'il me reste.

Yann, mon père. Assez petit et trapu, yeux bleu océan et jaune autour de la pupille, quarante-huit ans aujourd'hui s'il n'est pas mort, routier, solitaire, lunatique, borné, aime la viande à s'en faire exploser le ventre, né à Brest, fils unique, joue de la guitare dès qu'il se trouve sous un arbre.

Olga, ma mère. Née à Saint-Pétersbourg, fille d'un avocat et d'une prof de français, trente-sept ans, cheveux fins et châtains tirant vers le brun, reflets roux, sans emploi, diplômée d'une école de commerce russe, tombée dans la drogue à quinze ans, très amie avec la voisine, Mme Taffarec.

Leur rencontre ?

Mon père livrait régulièrement en Russie. Après, je ne sais pas. Les voisins avaient pour coutume de dire que Yann avait ramené une pute de l'Est dans son camion. Une pute qui sniffait tout ce qu'elle trouvait. Qu'elle mélangeait tout ça avec de la farine pour un meilleur effet. Ou par économie.

On vivait tous les trois, dans une maison en pierres et au toit édenté de plusieurs tuiles. À l'arrache, pas dans les bonnes cases, ni les bonnes normes.

Moi, squelettique et les cheveux tombant par paquets, m'a-t-on dit, après. Moi, des cernes noirs creusant mon regard.

Et les dents en miettes.

Car un jour, est arrivée la scie qui m'a coupé de mon arbre : la Ddass.

Je m'en souviens parfaitement. Comme si c'était hier.

C'était hier.

J'ai six ans. Dehors, le temps hésite entre une averse ou un déluge. Le ciel est noir et la voisine appelle. Mon père livre des conserves à Berlin. Ma mère dort, comme toujours à midi. Je meurs de faim. Je mâche une carotte crue que j'ai trouvée sous le frigo.

Et le téléphone.

C'est Taffarec.

Une brune qui ne retire jamais ses bigoudis et encore moins sa blouse. Comme si elle cuisinait tout le temps. Comme si elle avait peur de se salir.

Ses mots sont sculptés dans ma tête.

Ça sonne cinq fois. Je compte. Mon corps bondit à chaque sonnerie aiguë. Derrière sa fenêtre, le combiné vissé à l'oreille, je l'aperçois. Elle ne me voit pas. Elle se gratte la joue, vire une mouche qui lui tournait autour et, juste après, regarde sa main.

Après la cinquième sonnerie, sa bouche remue et sur le répondeur j'ai sa voix :

« Arthur ? Ta mère est là ? Elle dort, j'en suis sûre… Tu m'écoutes ? Si tu as ce message, une dame des services sociaux va venir te chercher. Prends une douche, fais un sac, mets ce que tu peux dedans, le calvaire est fini, tes parents t'ont abandonné, ce sont des incapables, on va t'en trouver une belle, de famille. Tu m'entends ?… Prends soin de toi. »

Et tout s'est enchaîné. De mon arbre on m'a jeté.

Une famille d'accueil, ça s'appelle. C'est là que j'allais devoir grandir. M'épanouir. Trouver des repères. M'identifier. Chercher des modèles stables.

J'ai six ans, on me dit que c'est pour trois mois. Les enfants déjà placés me frappent dans le garage. Ils me reprochent de leur piquer leur arbre, leur équilibre, le peu de sérénité qu'ils avaient trouvée. Ils me jettent des quilles, des billes, des ballons de foot dans le jardin. Et dès qu'ils peuvent me choper dans l'escalier, un coup de ceinture par-ci, un croche-patte par-là.

Je tiens deux ans.

Un jour c'en est trop. Je vois la ficelle tendue en haut des marches. Je les entends se marrer dans la chambre à côté. Riant par avance de ma chute et de mes bleus.

Je saute par-dessus la corde et j'ouvre la porte.

Ils sont immobiles. Comme glacés.

Je les envoie aux urgences car j'éclate le nez du premier et je brise trois côtes au second. Je n'y vais pas de main morte.

Mais j'ai trop encaissé.

J'ai huit ans et on m'invite à ranger mes vêtements, ouvrir ma valise, changer de famille, dire au revoir, ne pas pleurer, manger la sucette qu'on me tend, garder le sourire, être un bon chien, prendre un rendez-vous avec une psy.

Il va falloir s'habituer. À faire ses bagages.

Finalement, on me rencarde avec une assistante sociale. Ce sera toujours elle, une certaine Emilia, pour « un meilleur suivi et une aide personnalisée ».

Elle me parle un quart d'heure, porte une minijupe rouge vif, sent bon le jasmin et la cigarette. Elle me pose trois questions. Ponctue chacune de mes phrases par un « hum hum » qui semble vouloir dire des tas de choses.

Elle se lève, s'étire. Gratte avec ses ongles une poussière collée sur la vitre. Joue avec un cadre photo. Ouvre un agenda. Puis livre ses conclusions. Et ça ne prend pas longtemps.

Ça tient en une ligne.

Bilan n° 1 : Arthur est un enfant émotif et violent.

Emma

Sept heures douze.

Sur l'horloge en face de moi, une aiguille est bloquée. L'autre remue comme une folle sans jamais avancer. Mes yeux font le tour et se perdent le long du rebord imitation bois. Les rainures, les teintes, tout est faux. Je le regarde tellement longtemps que lorsque je ferme les yeux, un cercle épais et noir se dessine dans ma tête.

Sept heures douze.

Je tourne la tête, j'essaie de penser à autre chose. Impossible. Ça revient. L'aiguille bloquée. J'entends des bruits dans le couloir, c'est sourd, ça vient de loin.

De très loin.

Les sons parviennent à mes oreilles mais sont enrobés dans du coton. Enroulés dans du velours.

En cadence, des gens marchent sur du carrelage.

Sept longues heures et douze minutes infinies. Je dors. Je ne dors pas. Je n'y arrive pas. Je n'y arrive plus. Je ne sais pas si un jour j'ai pu dormir.

L'aiguille fait du surplace, sans doute collée au cadran.

J'entends des interrupteurs, des râles et, juste après, se faufilent sous la porte des senteurs de chocolat chaud ou de café. Les pas poussent des caddies aux roues usées et rouillées qui attaquent mes tympans peut-être percés.
Comme ma peau.

Je suis couchée dans ce lit, branchée de partout, sans savoir pourquoi. Ni me souvenir de qui je suis. Au moins quatre perfusions. Mes veines sont prises d'assaut.
Pourquoi est-ce qu'on me maintient en vie ?
Est-ce que tout ne serait pas plus simple si je n'étais plus là ?

Depuis que j'ai ouvert les yeux, je n'ai plus de forces. Comme si on avait retiré mes organes. On m'avait aspirée toute entière.
Je suis vide. Dépeuplée. Sans personne. Sans tristesse. Sans haine.

J'ai regardé l'horloge. J'ai pensé aux étoiles. À l'immensité et comme j'étais petite à côté. Comme j'étais faible. À ne même pas pouvoir me lever. Ni bouger mes bras.

Et depuis, je suis face à une nouvelle écorce.

Je sais que je suis une fille, j'ai touché sous le drap. Je sais aussi quel jour nous sommes.
Exactement le 19 juillet. C'est écrit sur l'horloge.
Juste au-dessus de sept heures douze.

Mais pourquoi je suis branchée ? Pourquoi cette chambre, ce lit ? C'est le noir. Et ce corps ? Pourquoi les meubles bougent-ils tout seuls ? Pourquoi suis-je sur un navire ? Seule, à contempler le quai qui s'enfonce sous les eaux ?

Mon histoire, ma vie. Je n'en ai plus aucune trace.

La mer a tout balayé. Mais je ne panique pas. Je suis là et absente. Le vertige m'a complètement envahie. On me berce, je suis sur une balançoire, une ombre me pousse et m'envoie dans le noir le plus intense du ciel.

Mon ventre me brûle. Mon cou est tailladé, mes mains ne répondent plus et certains de mes doigts sont ficelés sous des pansements blancs et rougis de sang.

Blotties dans mes veines, des aiguilles bloquées elles aussi, délivrent leurs liquides blanchâtres, visqueux et gluants.

Dans la chambre, un autre lit. Vide.

Je ne sais pas si cela durera longtemps. Autour, des machines. Des courbes qui montent, qui descendent. Des masques prêts à sauver d'autres filles comme moi.

Et sur le mur, un cadre avec dedans un phare en noir et blanc. Les vagues le recouvrent d'écume et, l'instant d'après, il sera plongé sous la mer. D'en bas, on croirait qu'il tangue. On jurerait qu'il vacille.

Je lève la tête et je compte les gouttes de gelée qui pénètrent sous ma peau.

Pourquoi est-ce qu'on m'injecte tout ça ?

Quand est-ce que ma tête va s'arrêter de tourner ?

En véritable anguille, je suis sous le carrelage et je rejoins le centre du monde. Ma main descend et remonte encore le long de mon ventre rayé. Griffé.

Si je bouge, les aiguilles vont jaillir et le sang va se répandre partout sur le drap blanc.

J'ai froid. Comme une morte. Mais je ne le suis pas. Je respire. Je suis une fille. J'ai aussi les cheveux longs. Ils tombent sur mes épaules. Et pourtant, je me sens aussi vivante que le lit d'à côté.

Est-ce que toute l'humanité s'est échappée ?

L'air âpre entre dans mes poumons qui se déplient et souffrent comme s'ils avaient été essorés. L'air se faufile dans les bronches, s'infiltre jusqu'aux plus petites bronchioles, ça me brûle.

Ils m'ont enfilée une chemise de nuit déboutonnée au col.
Mais qui sont-ils ? Pourquoi est-ce que je ne me souviens de rien ? Qu'est-ce que je fais ici ?

Mes seins sont douloureux. Je sens un trou béant dans le ventre. Quand je touche, il y a de la chair. Alors pourquoi est-ce que je sens un trou qui a tout englouti autour de mon nombril ?

J'ai froid, le drap ne me réchauffe pas.

Mes mains naviguent sur mon corps. Enveloppant mon bras gauche, un bandage à liseré bordeaux m'empêche de le bouger. Les doigts au bout paraissent ceux d'un cadavre.

Mes cuisses sont gelées et mon estomac fait des nœuds. Parce qu'il est vide. Qu'il n'a rien pu avaler. Qu'il n'avalera rien. Avant de savoir. De tout savoir. Qu'on lui raconte tout.
Pourquoi ce lit ?

Pourquoi branchée ?

Pourquoi, dans cette horloge comme sous ma peau, les aiguilles sont-elles bloquées ?

Arthur

Message reçu à 7 h 39
Cinq fois que je t'appelle.
Tu es où ? Décroche.
Richard.

Le soleil entre dans la pièce, me chauffe le visage. Je me lève et tire les lourds rideaux bleu foncé. Suis à nouveau dans le noir.

Il fait noir aussi lorsque j'intègre ma nouvelle famille d'accueil. J'ai huit ans et le taxi me largue sur le bord d'une départementale, en pleine nuit froide et venteuse. Nous sommes perdus au milieu du pays. En sortant de la voiture, ça pue la bouse de vache et la laine de mouton.

J'entends encore Emilia me dire : « Ça ne fait pas longtemps qu'ils accueillent des enfants alors sois gentil avec eux. »

Je longe un sentier caillouteux et j'atterris sur le perron. Une ampoule m'accueille. Un type d'une quarantaine d'années assis sur des marches en béton gris me dit : « Salut. Bon, je te préviens, t'as pas intérêt à broncher. On a d'autres cocos comme toi, ici. On te prend, on a besoin de fric. Mais tu fais pas chier ton monde. » Son visage est à peine éclairé. J'aperçois son mégot qui rougit par instants.

Dans la cuisine, ça sent la soupe de potiron, les oignons grillés et la compote de poires.

Le temps passe à toute allure et je m'entends bien avec le reste de la famille. Le père ne peut pas me saquer mais je m'y fais. Après l'école, je joue au tennis tout seul contre le mur de pierres de la grange. Le matin, c'est pain grillé directement sur la flamme de la gazinière. Le chocolat, la mère le fait fondre avec du lait. Elle se fait des tresses et c'est exactement ce que j'aurais voulu qu'Olga fasse pour moi. Qu'elle soit la plus belle des mères.

J'y reste trois ans.

Pas plus. Un soir d'été, je mate la télé avec le père, un film de cow-boys, une musique à tomber, de l'harmonica en cascades, du banjo et de la guitare folk.

Et l'ambiance : des barbes naissantes, des regards bleus, des bronzages artificiels, des haricots blancs, des Indiens un peu grassouillets, des tipis, des chevaux trop bien peignés, des pierres en polystyrène, on n'y croit pas mais on adore.

Un soir d'été, donc. Le père vient sur le canapé près de moi. Il me murmure un truc, je ne comprends rien, je suis absorbé par le film, parti sous une tente, une peau de bison sur les genoux, à écouter les récits du vieux chef. Il me tend un billet de vingt euros, déboutonne son jean, me sourit et me tient par le bras.

Je file au lit, j'entends : « Pas un mot sinon fais gaffe à toi. »

Cette phrase me poursuit toute la nuit.

Je raconte tout à l'assistante sociale. Deux heures de train avant de la rejoindre. Emilia n'a pas changé. Toujours son regard de braise. Pas pris une ride. Toujours une jupe rouge. Le même sourire même si ses dents ont jauni. Elle fume et n'a pas réussi à arrêter. Le stress, selon elle. Elle ronge ses capuchons de stylo et des cure-dents. Ses ongles sont parfaitement meurtris. Elle me frotte les cheveux, me prend pour un clébard, j'ai envie de lui foutre une claque ou de l'embrasser, je me retiens, elle seule peut me sauver, de cette famille et du sexe du père.

Bilan n° 2 : Arthur est fragile, affabule, divague. Inquiétant.

Au revoir. Sac fait en cinq secondes. Je laisse sous le lit les revues pornos que j'avais trouvées dans la table de chevet.

Le regard du père jusqu'au taxi ne me lâchera pas. La mère pleure. En lui faisant quatre bises, elle glisse dans le creux de mon oreille : « Mais pourquoi t'as tout foutu en l'air ? »

Je serre les gencives et je pense à la mer pour ne pas pleurer.

Emma

Il restait quelques humains. Au moins une.

– Bonjour, je suis Virginie, je prends le relais. À présent c'est moi qui m'occupe de toi. Dès que tu as un problème, il te suffit d'appuyer là et j'arrive au plus vite.

Elle a désigné un bouton rouge et ses yeux ont machinalement fait le tour de la chambre. Son sourire a fondu sous le carrelage.

Mon lit était encadré de tuyaux translucides, de structures métalliques et de poches grasses suspendues. Comme un mobile, suspendu au-dessus d'un lit de bébé.

Les rideaux laissaient à peine la lumière entrer. J'ai voulu ouvrir tout en grand mais mon corps me le refusait. Alors j'écoutais Virginie me décrire le ciel, la forme des nuages, minces et allongés selon elle, qui allaient se dissiper. Je l'écoutais, coincée dans la moiteur de ce lit creux, les cheveux et les paupières mouillés. De la sueur coulait le long de mon dos alors que j'allais finir en glaçon.

Elle m'a massé les jambes et je les ai vues. Elles étaient charnues et pâles. Ce n'étaient pas mes jambes.

Ce n'est plus moi. Plus mon corps.

Virginie a aéré la pièce quelques instants et m'a proposé un petit déjeuner sous plastique.

– Alors, j'ai…

Et elle n'a pas dit un mot de plus. Elle a regardé l'horloge que je ne quittais pas des yeux. Elle s'est approchée du lit.

– Oui, la pile est fichue…

Sans réfléchir, j'ai répondu :

– Et moi ?

Elle a essuyé l'eau qui coulait de mes yeux. Les larmes qu'il m'était impossible de retenir. Sans être furieuse.

À qui en vouloir ? Qui m'avait envoyée dans ce lit ? Dans cet état ? Sur ce bateau qui tangue et me trouble la vue.

Est-ce que les survivants dorment dans les autres lits ?

Et les lits vides sont-ils pour autant de morts ?

Virginie a toussoté comme pour s'éclaircir la voix. Elle a regardé au bout du lit la fiche avec mon prénom. Une feuille plastifiée où sont consignées avec différentes couleurs des tas de courbes qui s'enfoncent dans des abysses.

Après m'avoir légèrement manipulé le bras droit et l'épaule, elle s'est gratté les lèvres doucement. Chaque geste me paraissait être décomposé. Elle me demandait toutes les trois secondes si j'avais mal. Si elle pouvait continuer.

Comme je ne répondais pas, elle a poursuivi :

– Alors, Emma, tu veux un chocolat chaud, un thé, un café ? Avec ou sans sucre ? Avec ou sans viennoiseries ? Ou bien biscottes ? Si tu préfères, nous avons aussi des tranches de pain que l'on peut te griller ?

J'ai cru que j'allais encore pleurer. Je m'appelais Emma. Je distinguais quelque chose dans ses yeux. Mes yeux. Leur forme. Allongée ou ramassée. Emma, c'était donc mon nom.

Je ne connaissais pas Virginie mais j'ai compris au ton de sa voix que j'allais rester longtemps dans son service. Elle murmurait tout le temps. On aurait cru qu'elle ne voulait pas m'abîmer les tympans. Ne pas détruire ce qui n'avait pas été amoché.

– Merci, je n'ai pas faim.

Elle a répliqué, presque mécaniquement :

– Mange, la guérison, ça passe par là.

– Laissez-moi, je préfère être seule.

– Si tu ne manges rien, je serai obligée de t'ajouter une perfusion de glucose.

– Faites ce que vous voulez.

– Ne sois pas en colère.

– Qu'est-ce que je fais là ?

– D'abord, tu manges.

Elle m'a saisi fortement le bras droit. J'ai cru que l'aiguille sous ma peau allait se briser en mille morceaux. Et ses yeux se sont plantés dans les miens. Elle ne savait pas quoi me dire.

J'ai fini par céder.

– Un pain aux raisins. Un chocolat chaud. Mais après, vous me dîtes ce que je fais ici.

– Tu as eu un accident. Je n'en sais pas davantage.

Elle m'a lancé un sourire qui m'a transpercé le cœur. Une mouette a déchiré le silence et a rejoint un toit pentu en ardoises. Virginie a suivi l'oiseau des yeux. Le vol, les plumes, la blancheur des ailes, c'était au ralenti. C'étaient peut-être les médocs qui me faisaient planer. Comme cette aiguille soudée dans l'horloge qui refusait que le temps passe. Qui était comme moi, sans réponse.

Une douleur vive m'a saisi les tempes.

– Vous savez pourquoi les pains aux raisins ont une forme de spirale ?

– Aucune idée. Mange et essaie de dormir. Le Dr Gauthier ne va pas tarder. Je reviens vite. Repose-toi.

J'ai enroulé ma gorge avec mes mains. J'ai eu envie de m'étrangler. De disparaître. De toucher la béance dans mon ventre. La béance qui n'existait pas.

L'infirmière a quitté la pièce et j'ai entendu sa voix dans le couloir. Sa voix qui se mêlait à d'autres.

Arthur

La télé s'allume toute seule. Le téléfilm américain doublé par des comédiens sous-payés m'arracherait presque un sourire. Si seulement j'avais des nouvelles d'Emma.

Je n'ai pas encore répondu à Richard. Je ne peux pas. Sinon, il va envoyer ses troupes. Et je ne veux pas rentrer au foyer. Je veux voir Emma. Je veux qu'on me dise qu'elle est toujours en vie.

Un parfum de verveine et une haleine chargée. Un mélange de vin et de rillettes de thon.

Je me lève et je vois un chemisier avec des cerfs orange. Immonde. J'aperçois des pendentifs dorés en forme de cœur.

– On peut savoir ce que tu fiches ici ? C'est pas un hôtel, c'est un hôpital.

Postée devant moi, une femme tient un balai. Elle a les épaules d'un déménageur et porte une blouse rose pâle qu'elle a déboutonnée de trois boutons. Pour laisser les cerfs rejoindre la forêt, me dis-je en souriant.

– Moi ? Je suis le frère d'Emma.

– Son frère ? Les visites pour les familles sont autorisées de neuf heures trente à vingt-et-une heures. Or, il est huit heures à peine.

Je me barre les yeux avec la main comme pour me les enfoncer loin dans le cerveau. J'ai envie de lui rentrer dedans à cette bouchère de mes deux.

– Je peux l'attendre ici ?

– C'est interdit.

– Je suis inquiet, vous comprenez ?

– Le règlement, c'est le règlement.

– Mais je suis son frère. Les infirmières m'ont autorisé, elles.

– Peut-être, mais pas moi. Alors tu vas me débarrasser le plancher ou je m'occupe de tes petites fesses.

Vu les épaules et le sourire de biais que me fait la femme de ménage, j'ai le choix entre me faire éjecter par la fenêtre ou me prendre une mandale.

Je hausse les épaules et m'étire. J'ai dormi sur deux fauteuils en faux cuir écrasés par les années et le cul des patients.

Ça me tire dans le dos, le sang qui à nouveau circule. Mais j'ai connu pire. Au foyer, quand un type s'amusait à pisser ou à vider son tube de dentifrice dans mon lit, je devais dormir par terre ou à même le sommier.

J'utilise ma dernière cartouche.

– Vous avez vu Emma ? Vous savez comment elle va ?

– Nan, allez mon mignon, ouste !

La grosse femme prend son détergent et ses lingettes désinfectantes à l'orange pour en passer un coup sur la table basse où j'avais posé les pieds et je me dirige vers la sortie.

Je longe le couloir qui me semble infini, traversé par des portes tous les trois mètres. Une odeur s'infiltre dans mes narines.

Un mélange de javel et de citron. Il faut que je sorte sinon c'est sur leur carrelage que je vais vomir.

J'accélère, je croise des vieux qui boitent, des vieux aux regards vitreux, et merde je vais finir comme eux, une main tenant la perfusion et je ne peux me retenir de penser que c'est leur vie qu'ils tiennent à bout de bras. Si on leur virait tous ces tuyaux, ils ne feraient pas long feu. Ils périraient là, à même le sol.

Emma, j'ai mal de savoir que tu te trouves ici. Quelque part dans une chambre. Entourée de tuyaux, d'inconnus, de peinture blanche, de carrelage blanc, d'odeur de peur.

J'arrive enfin à l'accueil. Là, on me dévisage mais je suis habitué. Une fausse blonde à mèches auburn me dit :

– Tu attends quelqu'un ? Tu cherches quelque chose ?

– Oui, Emma Le Mevel. Je peux la voir ?

– Tu sais quelle heure il est ?

– Oui, huit heures à peine. Et alors ?

– Alors, reviens à neuf heures trente.

– Mais je suis…

– Le règlement, c'est le règlement.

Je n'écoute plus cette conne. Tous ces robots. J'entends ma bouche lui dire :

– Putain, vous faites tous chier.

Dehors, le soleil carbonise les rétines. J'ai le cœur qui envoie un message que je ne comprends pas. Mais ça cogne et ça brûle. Au dedans. Peut-être pour me dire que je suis encore en vie.

Un rayon tout droit se loge dans ma main. J'avance et le soleil entier me tombe dessus, comme s'il s'était décroché du ciel.

Derrière l'hôpital, en contrebas, j'aperçois une rangée de pommiers. J'approche et je shoote dans toutes celles qui sont tombées. Les pommes explosent contre le mur, le jus dégouline, et tout me revient.

J'ai quatre ans, j'arrive aux chevilles des autres, on me tape sur la tête ou on me cherche des poux. À l'école, on m'oblige à faire des siestes dans un dortoir jaune aux rideaux fushia. Avec la lumière du soleil, c'est parfaitement hideux.

Chaque jour, la chaleur écrasante des radiateurs à fond m'étouffe. Les couleurs des rideaux dégoulinent le long des murs, le mélange me fait peur.

L'instit nous demande d'être bien sages, d'écouter les dames de service. On va devoir dormir en tee-shirt, slip, chaussettes, et je ne veux pas retirer mon pantalon, je n'ai pas peur qu'on voit mes jambes, ce n'est pas ça. Je ne veux pas, c'est tout.

L'instit en parlera plus tard à ma mère. Ce sera le premier constat. Le premier d'une longue liste, qu'on fera sur moi.

Tous les jours, ça recommence. Les siestes. Poser son bras devant les yeux et compter des tonnes de moutons, imaginer une vallée, un torrent, un bivouac où l'on sera réveillé par le soleil.

Je suis en boule, couché sur mon matelas, entre deux garçons de ma classe qui ronflent avec leurs ours en peluche.

J'ai quatre ans, je sais déjà que ma mère picole trop. Je vois ses yeux brillants, ses cernes qui de jour en jour se creusent, ses gestes devenir maladroits, sa patience s'envoler.

Je sais aussi que mon père ne rentre pas assez souvent, je sais qu'on me juge, je ne suis pas fou, j'ai pas les mêmes fringues que tout le monde, je suis déjà décalé et j'ai rien demandé, c'est pas moi qui suis à côté, on m'oblige.

Mais ça, c'est rien. Rien à côté de ce jour.

Ce jour où l'instit me dit, après la sieste :
– Arthur, je voudrais parler à maman. Tu lui diras de m'attendre après l'école. C'est important.

Je sais pas encore que c'est mon arrêt de mort qu'elle signe. Et, pire encore, qu'il sera ratifié par les deux camps. Tout ce qui va s'abattre sur moi. Le séisme des mots de cette femme.

La sentence tombe alors que ma mère n'est pas encore assise.
– Madame, je tenais à vous voir car les enfants se plaignent d'Arthur. Il semblerait qu'ils soient incommodés par l'odeur de votre fils. Si ce n'est pas indiscret, prend-il sa douche tous les jours ?

Ma mère ne bronche pas. Les yeux dans le vague, parfaitement inerte, absente, comme déjà vaincue. Je lui serre fort la main pour la faire réagir. Et au lieu de gifler l'instit, elle lui répond du bout des lèvres :
– Oui, je comprends. Nous veillerons à ce qu'il se lave bien.

J'observe ma mère. Elle voudrait disparaître dans ses chaussures. Elle m'attrape par l'épaule, je crois être un chien mouillé. Qui sent la bave, l'urine et la sueur.

Qu'est-ce que j'y peux, moi, si on n'a pas assez d'argent pour payer les factures ? Maman, qu'est-ce que j'y peux ? Si on me file toujours les mêmes fringues ? Tu crois que je ne sais pas ? Tu crois qu'à quatre ans, on ne sait pas ?

Son regard s'est perdu dans les lignes grises du carrelage. N'est jamais parvenu vers le mien. Ne s'y est jamais plongé. J'étais orphelin. Je suis devenu une ombre.

L'instit a rejoint son bureau. A rangé son cartable. Des tas de photocopies trônaient sur une table. Je l'ai imaginée. Pensant à son dîner. À la belle soirée qui se profilait.

Et ma vie qu'elle foutait en l'air. Les montagnes de regards qu'il me faudrait gravir.

J'ai traversé le passage piéton, doucement retiré ma main de celle de ma mère. En longeant le trottoir, j'ai pensé aux autres de la classe, j'ai vu leur cartable coloré, le parfum dans leur cou, la chemisette repassée.

En arrivant à la maison, ma mère m'a déshabillé, sans me parler. Elle a usé le savon sur mes bras, a frotté jusqu'à ce que ma peau rougisse, m'a rincé à l'eau froide, m'a séché les cheveux en me les frictionnant comme une folle, m'a laissé nu au milieu de la salle de bain et est sortie en courant. J'ai plaqué mon visage contre la fenêtre.

Derrière l'arbre, j'ai aperçu son ombre et j'ai vu les secousses que de trop grosses larmes lui infligeaient.

Emma

À peine eu le temps de fermer les yeux, le Dr Gauthier arrive. Le sommeil de toute façon ne venait pas.

C'est un homme plutôt jeune, maigre et avec des yeux très rapprochés. Ce qui lui donne un visage étroit, surtout avec son nez aquilin et ses lèvres fines qui se perdent l'une dans l'autre.

– Bonjour, je suis le Dr Gauthier.

Et, comme si ça ne suffisait pas, il ajoute :

– Spécialiste des stress post-traumatiques.

Je n'ai pas la force de lui répondre. Mais qu'est-ce qui m'est arrivé, qu'est-ce que je fous ici ? Qu'est-ce que c'est qu'un stress post-trauma quoi ?

Il continue.

– Tu souffres d'une amnésie qu'on appelle rétrograde. Le choc a été violent, ton crâne a subi un impact terrible, mais tout va rentrer dans l'ordre. Avec le traitement que nous t'avons donné.

Et surtout beaucoup de repos. Il faut donner du temps à ton corps pour se remettre d'un tel choc.

– Ça veut dire quoi « rétrograde » ?

– Que tu ne te souviens plus de ce qui s'est passé avant l'accident mais que tu as gardé toutes tes facultés mentales.

– Mais quel accident ?

– Celui d'hier.

Devant mes yeux ronds, il poursuit.

– Tu as été retrouvée dans la rue du Port. Hier, aux alentours de dix-neuf heures. À la hauteur du restaurant chinois. Selon la police et les témoins, un camion de livraison vous a percutés et ton crâne a heurté le rebord du trottoir. Heureusement que tu portais un casque. Tu étais dans le coma. Les secours t'ont immédiatement amenée ici.

– *Vous* a percutés ?

– Tu étais accompagnée. La police parle d'un garçon qui était avec toi sur le scooter. Il se serait enfui avant que les pompiers n'arrivent. Écoute, je vais te laisser un formulaire contenant des questions simples. Essaie de le compléter au mieux. Prends ton temps.

– Est-ce qu'il va bien, le garçon ?

– On ne sait pas. Tu te souviens de lui ?

– Non. De rien.

La mouette qui s'est posée tout à l'heure se nettoie les plumes à coups de bec. J'essaie de revoir. De tout revoir. Mais j'ai juste une sensation de fraîcheur, de vent glacial. De rafales de vent.

Et ce garçon ?

Qui est ce garçon ?

J'ai mal dans le dos. Couchée, je ne le sens plus. Il ne me reste qu'une chaleur diffuse le long des reins.

Le Dr Gauthier me tient les pieds. Et me sourit.

– Tu t'appelles Emma Le Mevel. Tu as seize ans et tu passes tes journées au lycée Albert Camus. Tu vis avec tes deux parents. Ils sont là, à l'accueil. Ils remplissent ton dossier d'admission. Ils t'ont veillée toute la nuit. Je pense qu'ils ne vont pas tarder.

– Ça va revenir ?

– Ta mémoire ? Oui. Tu es jeune. Ton corps doit prendre acte de ce qui t'est arrivé.

Je n'ai rien bu du chocolat que Virginie a laissé sur ma tablette. L'horloge n'a pas avancé. Je ne sais plus quelle aiguille est bloquée. L'heure, les minutes. Peut-être les secondes.

Ça n'avance plus.

Le Dr Gauthier sort sans faire de bruit, croit que je me suis endormie. Parce que c'est mon dos qu'il a face à lui.

Sept heures douze. Emma. Seize ans. Mes parents. Sont en bas. Toute la nuit. Rue du Port. Dix-neuf heures. Accident. Avec un garçon.

Ce garçon, pourquoi n'est-il pas avec moi, ce garçon ?

Je cherche mais mes yeux se perdent dans la spirale collante.

Arthur

Je longe les sentiers de graviers qui font le tour de l'hôpital, un infirmier ferme une portière et j'entends le portail de ma dernière famille.

Onze ans que je traîne ma peau. En pleine campagne. Une baraque incroyable avec des pièces cachées, des poutres dans chaque chambre, de grosses pierres sur la façade et un jardin splendide. J'ai trouvé un nouvel arbre, je dors dessous et à l'ombre, je me sens bien, j'y accroche même un hamac.

J'y reste cinq ans, Yann et Olga m'envoient des cartes postales. Ils m'expliquent que pour eux tout est encore compliqué, mais qu'ils vont bientôt me reprendre. Olga a entamé une cure de désintoxication, Yann s'est fait embaucher en tant que magasinier, il est stable, ils ont le sourire.

Ils ont fait le ménage dans leur vie et leur maison.

On va bientôt pouvoir rouvrir les volets, virer l'air vicié.

J'attends. Je les attends. Pour patienter, je dors sous mon arbre, je mange des tartes aux prunes. De temps en temps, on me sort au cinéma, on me fait découvrir des tas de musiques, des expos de toiles de six mètres de long, j'y pige pas grand-chose, mais je suis bien. Je mange des petits fours à chaque vernissage et je pique des verres de mousseux.

On me présente comme un fils. Comme quelqu'un de la famille. On me prend en photo et on accroche le cadre dans le salon. Au-dessus de la cheminée. On me fait sentir que c'est comme si j'avais toujours été là. Mieux, qu'on m'attendait.

Je suis bien, sauf qu'un jour le fils de la famille m'accuse de lui voler de l'argent. Mais j'ai rien piqué. Je le jure. Je lui ai rien piqué.

Visite avec ma minijupe préférée. Emilia a arrêté la clope, elle a une voix d'outre-tombe, se tient la gorge quand elle parle, et quand elle sourit, des pattes-d'oie apparaissent dans le coin de ses yeux.

Un jour, j'espère qu'on fera l'amour. J'espère. Parce qu'elle porte des bas.

Mais ses conclusions sont sans appel.

Bilan n° 3 : Arthur s'est trop attaché. Perturbant.

Alors arrive le lundi. La veille, on a fêté mes seize ans. On a mangé des îles flottantes. On a joué à la pétanque dans l'allée. On a rigolé quand l'arrosage automatique s'est déclenché en pleine partie. On a dansé comme des Indiens. On est rentrés trempés.

Lundi 23 février, dix heures, dans le bureau du juge.

Il me considère à peine, s'arrache la peau des doigts et dit, tout en examinant les seins d'Emilia : « Arthur, au vu de ton dossier, émotif, violent, menteur et exclusif, je ne vois que le foyer. Le bord de mer, tu aimes ? C'est pas très loin. Ça va te faire du bien, ce nouvel air. Tu iras voir l'assistante sociale une fois par semaine, elle t'aime bien, je te file son numéro, tu lui confieras tes malheurs. Tu es rassuré ? Ça va mieux ? Oui, voilà, tu me souris, c'est que ça va mieux, je m'en doutais. »

Deux semaines après, la grille du « Foyer des Ormeaux » s'est ouverte. On m'a fait visiter. Ce n'était pas Richard. Deux types torses nus jouaient aux cartes dans la chambre.

Leur parler m'a été impossible. J'ai vidé ma valise dans le placard. Ils avaient poussé leur bordel sur l'étagère.

Je n'ai pas dit un seul mot. Ils m'ont observé. Comme des fauves de cirque regardant un nouveau codétenu.

Je connaissais trop leurs vies, leurs cicatrices, pourquoi l'un a la marque d'une cigarette sur la main, pourquoi l'autre a des autoroutes tracées dans le dos avec la ceinture de son beau-père. Ce n'était même pas la peine qu'ils m'adressent la parole.

On a tous nos lots de souvenirs infâmes dans la tête. Nos longues soirées d'hiver sans savoir ce qu'on va devenir. Ni pourquoi on est nés. Et encore moins pourquoi nos parents nous ont faits si c'est pour nous virer comme des chiens.

Quatre mois. Je n'ai pas tenu plus. Et pourtant, j'ai fait le beau. J'ai tourné autour du foyer, joué dans les arbres, cherché la ligne d'horizon, senti la mer, grimpé aux branches, balayé les pierres, nourri les perruches, nettoyé leurs fientes, dorloté les tulipes, rapporté du bois, cueilli des marguerites, rempli des vases, creusé la piscine et tondu la pelouse, rapporté le sucre.

J'ai reçu des coups, j'ai dormi dans des tas de lits différents, j'ai souri à des milliers de dents, j'ai tout fait sans broncher. Attendant mon tour, patiemment.

J'ai même dit à Emilia que j'allais m'habituer.

Mais quatre mois, même le sourire accroché, vissé, je n'ai pas tenu. Le vent était sec et ma langue s'est tout d'un coup desséchée. Elle collait à mes dents. J'ai frotté mes lèvres. Regardé droit devant.

Il était là, il m'attendait. Richard le garait toujours là. En quatre mois, on repère. On scrute. Je suis monté dessus. Il pesait une tonne. J'ai retiré la béquille, une fumée noire a flotté dans l'air.

C'était pas la première fois que je piquais un scooter.

Mais la première fois que je savais où aller.

Emma

La porte s'ouvre doucement. Deux ombres entrent. J'imagine que ce sont eux. Bien sûr, je ne les reconnais pas. Bien sûr, je vais sourire. Bien sûr, ils sont pleins d'espoir. Et j'imagine que si j'avais une fille, je serais dans le même état.

Ils approchent du lit. Ils se regardent tous les deux. Je me sens mal. Ils se déplacent à pas de loup. Mais ce n'est pas une tombe à qui ils rendent visite. J'ai mal partout.

L'homme se gratte les joues qui ne sont pas rasées et il embraye :

– Comment tu te sens ?

Je ne sais pas qui de nous deux est le plus perturbé.

Mais d'abord, et c'est peut-être maladroit, je dois vérifier mon hypothèse.

– Vous êtes mon père ?

Il se tourne vers ma mère, restée elle dans l'encadrement de la porte. D'un coup, leurs yeux s'emplissent de larmes. Des larmes qui restent dans leurs yeux. Qui les font briller.

Je ne pensais pas leur infliger une telle souffrance.

– On discutait avec le Dr Gauthier. Il est venu te voir ?

– Qu'est-ce qu'il vous a dit ?

Ma mère lui coupe la parole.

– Il nous a parlé d'amnésie.

Mon père scrute par la fenêtre et dit tout en se retournant :

– L'essentiel, c'est que tu sois vivante.

Dans ma tête, les mots font des ricochets.

Il attrape, posée sur la tablette où le pain aux raisins agonise déchiqueté, la fiche pour le Dr Gauthier.

– Vous savez si je vais rester longtemps ?

Ma mère, gênée et la voix tremblotante, se charge de répondre. Après tout, c'est son rôle de mère. Tout en arrachant des mains de mon père la fiche, elle balbutie :

– À mon avis, dès que tes plaies seront refermées, tu rentreras à la maison. Et ta tête, ça va ? Le Dr Gauthier a parlé d'un choc à la tête.

Et sans me laisser répondre, elle continue :

– Tu dois compléter ça ?

– Oui, enfin je sais plus.

Ma mère commence à lire.

– Alors : nom, prénom, adresse complète, date de naissance, nombre de frères et sœurs, circonstances de l'accident, lieu, date, heure, détails…

– Maman, c'était qui le garçon ?

– Le garçon ?

– Oui, celui qui conduisait le scooter.

– La police a parlé d'un Arthur.

– Il est là ?

Elle ne me regarde plus.

– Il a fui après l'accident. Tu sais, c'est un jeune du foyer des Ormeaux. La police va le retrouver. Un témoin a fait une photo de lui. Il ne portait pas de casque.

Ma mère s'avance et entoure ma tête de ses bras. Mes larmes se déposent sur ses vêtements. Je pousse mes yeux vers l'intérieur pour me souvenir. Je sens son corps, ses seins, ses hanches, la chair de ses bras. Même son odeur ne me dit rien. Et je ne peux rien dire. Je ne peux pas les faire souffrir davantage.

Au même moment, Virginie entre dans ma chambre.
– Excusez-moi. C'est pour les soins.

Mes parents se retirent, comme la mer après une longue colère. Au fond, ce ne sont peut-être pas mes parents. Peut-être que tout le monde me ment ? Peut-être que j'ai été enlevée par des malades qui comptent me découper pour nourrir un zoo ? Peut-être que ce sont des comédiens ?

À nouveau, ça tangue. Le visage de Virginie se multiplie. Mes yeux ne la quittent pas. Quand elle ajoute une couverture sur le lit, quand elle complète les fiches au bout de mon lit, quand elle appuie sur un bipper pour signifier qu'une infirmière est passée. Mes yeux se fondraient en elle.
– Virginie ?
Elle range ses mains dans sa blouse.
– Oui ?
– Vous en connaissez, des gens qui ont retrouvé la mémoire ?

Dans le fond de la chambre, Virginie redresse le rideau coincé derrière le fauteuil. Dans la lumière, c'est assez flou mais à l'odeur humide qui flotte autour de moi, je sais qu'elle aussi voudrait pleurer.

Arthur

Les flics sont peut-être à ma recherche. Rien à foutre, je connais ça. On m'a déjà accusé de trafiquer du shit au foyer. J'attire les préjugés. J'ai la peau grise, des balafres sur les joues, souvent on pense que je suis sale. Les gens sont comme ça. Ils se font des idées pour se rassurer. Quand je dis que ma mère est russe, on me rit au nez. On me tape dans le dos, on croit que je me saoule à la vodka et on me dit que je bosse pour la mafia. Je dois rire si je ne veux pas me retrouver seul. Je dois encaisser les coups et montrer mes caries et même ma langue, si je ne veux pas être seul.

Au foyer, on a eu droit à plusieurs descentes de flics avec leur arme, leur matraque et leurs chiens salivant à chaque seconde. C'était facile pour eux, le foyer est un condensé de gosses perdus, qui vont là où le vent les mène, comme des feuilles.

Un jour, suite à un coup de fil anonyme assurant que des jeunes revendaient du shit dans un des bâtiments du foyer, ils sont venus dans leur fourgon blindé noir aux vitres teintées, une barbe de deux jours, un casque masquant leurs yeux sombres et un chewing-gum à la bouche.

À l'un d'eux qui me toisait, j'ai dit :

– Méfiez-vous, je prépare un attentat à la cantine.

Ça ne l'a pas fait marrer, j'ai cru qu'il allait m'en coller une, j'ai serré les dents, j'étais prêt. « Les coups ne sont rien, tu ne m'atteins pas, pauvre type », me disais-je, tête baissée.

Une bourrasque a tout couvert et les shérifs sont repartis comme ils étaient venus : bredouilles, évidemment.

Avec tout de même le devoir accompli de servir le pays et de contribuer au démantèlement des réseaux mondiaux de trafiquants de drogue.

Le fourgon a démarré en faisant une poussière digne des meilleurs films d'action. Je crois que celui qui conduisait essayait à chaque fois de faire un dérapage sans y parvenir vraiment. Au mieux, c'était une éclaboussure de terre sur nos tee-shirts bariolés.

On les regardait s'éloigner et on secouait nos mouchoirs blancs, émus de voir nos héros disparaître à l'horizon.

Maxime leur faisait un bras d'honneur, crachait le plus haut possible et ça faisait rire tout le monde.

Emma, je ne sais plus ce qui s'est passé. Pardonne-moi pour hier. J'avais bu, je ne t'avais pas dit. Je ne voulais pas que tu t'inquiètes. Parce que je bois souvent, avec les autres du foyer. Si tu savais comment ça marche avec eux. Pas besoin de parler. Pas besoin d'en faire des tonnes. Tu te pointes avec de quoi picoler et deux secondes après tout le monde te considère.

Tu n'es plus n'importe qui. Tu existes.

Tu sais, ça nous est arrivé plus d'une fois, de piquer des bières dans les cuisines, parce qu'on sait que Richard et les éducateurs aiment bien s'en descendre une le samedi soir pendant le match.

On a voulu fêter mon départ.

Notre départ à tous les deux, mon amour.

Tu es là, quelque part, dans cette tour blanche et décrépie, et je voudrais me foutre en l'air mais surtout te prendre par la taille et t'embrasser pendant des heures.

Parce que j'aime le goût de tes lèvres.

Et qu'elles me manquent. Et que j'y ai trop goûté.

Emma

Mon père a quitté l'hôpital. A attrapé sa sacoche, ses clés, m'a juré de revenir vite. Est parti à la maison récupérer des albums photos. Une idée de ma mère pour accélérer le retour de ma mémoire.

Je n'ose toujours pas leur dire que ce sont de parfaits étrangers pour moi. Des inconnus à qui je dois faire confiance. Qui m'appellent Emma et qui m'embrassent.

Mais leur façon de parler, leurs gestes. Tout ça ne me dit rien.

Je joue ce jeu difficile mais je ne veux pas les décevoir. C'est aussi dur pour eux. Quelque part, eux aussi ont perdu leur fille.

Peut-être qu'elle était douce ? Et affectueuse ? Et tendre ?

Peut-être que c'était une peste ? Une petite capricieuse ?

En attendant mon père, je compte les gouttes s'infiltrant dans mes veines. De temps à autre, Virginie vient me recharger en poches. Elle me sourit, sort deux ou trois banalités sur la météo et repart.

En attendant, je regarde ma mère, assoupie dans le fauteuil. Son visage relâché. Ses épaules détendues. Elle n'a sûrement pas fermé l'œil de la nuit.

En attendant, le lit d'à côté est toujours vide et j'aimerais voir dedans l'ancienne Emma pour me calquer sur elle.

En attendant, je pense à ce garçon.

S'il n'avait pas de casque, c'est qu'il me l'avait donné. S'il me l'avait donné, c'est qu'il tenait à moi. Et quand on tient à quelqu'un, c'est qu'on l'aime. Et s'il m'aime, alors il ne devrait pas tarder.

À chaque fois que j'entends quelqu'un qui court dans le couloir, mon cœur se presse. Mon sang s'arrête. Mes mains en tremblent.

Et si c'était pour le garçon ?

Si la police l'avait retrouvé et lui avait tiré dessus ?

Ou si son cœur s'était arrêté de battre ?

Arthur

Le soleil a choisi de me griller la peau. Il est tôt pourtant. Ça sent encore la rosée sur l'herbe. La terre humide.

Je fais le tour de l'hôpital. Après, j'irai te voir, Emma. Tu dois te demander ce que je fous. Tu dois me maudire. Tu dois avoir peur, seule dans ton lit.

Mais, sais-tu que le plus flippé des deux, c'est moi ?

J'avance et je m'éloigne. Ça me brise les jambes mais c'est la seule solution qui s'offre à moi. L'hôpital ressemble à une banlieue. Des tours. Rangées en ligne. Des bâtiments blancs il y a quinze ans sûrement mais que le sel a rongés. À présent c'est le gris qui domine.

Je passe une main sur le crépi jaunissant, ça écorche, ça râpe, ça accroche la peau. Les barres blanches sont traversées de fenêtres rectangulaires et étroites, comme des meurtrières. Les rideaux sont presque tous tirés.

J'entends la mer gonfler ses vagues et envahir la plage et les pieds de ceux qui se sont endormis. Le ressac est encore lent mais la mer va accélérer ses respirations et la mousse se propagera sur les rochers et les algues sèches.

Il arrive que la mer nous ramène des troncs. Tordus pour la plupart, ils n'ont pas supporté d'être gorgés d'eau pendant leur long trajet. On s'approche et on devinerait presque des grimaces, des visages souffrant le martyr dans les lignes de l'écorce. Pour peu que l'ombre y mette du sien et que le soleil se fasse plus bas.

On s'assoit dessus, on regarde devant, on imagine qu'on va rejoindre l'Angleterre. On n'y connaît rien, à ce pays. À part deux ou trois joueurs de foot surpayés et fragiles comme des châteaux de sable, à tomber comme ils le font sur de la pelouse taillée au coupe-ongle, on n'en sait pas grand-chose.

Au foyer, ils disent que c'est un pays où il pleut onze mois sur douze et où les champs sont si verts qu'on jurerait qu'ils jettent des pots de peinture dessus chaque matin. Qu'ils arrosent même la nuit pour entretenir le mythe.

Avec Maxime, on va à la mer quand on peut. Quand on a la permission. Le samedi après-midi, en général. Les autres préfèrent aller faire un baby ou un flipper. Ils cherchent une bière à tout prix, filent vers la ville. À dix dans le bus, à faire les cons, à draguer les filles qui reviennent de leurs cours au conservatoire bras dessus bras dessous. Des filles belles comme des anges mais qui ne voient pas les cas comme nous. Ou qui rient une fois nous avoir croisés.

Nous, on reste le cul mouillé sur nos troncs que la mer a crachés et qu'elle offre à tous ses spectateurs. Quand un bateau passe, on beugle comme des malades. On gueule mais nos voix ne dépassent pas la côte. Le vent les étouffe, les déforme et on se rassoit, en se souriant avec une boule enflée dans la gorge.

Alors Maxime se roule un pétard. Je n'en fume qu'avec lui. Un truc qu'on partage ensemble. C'est plutôt dégueulasse, ça a un goût de charbon de barbecue fumé au bois de hêtre qui a passé la nuit dehors et ça explose la tête mais ça endort.

Et avec le bruit des vagues, j'allonge ma carcasse sur le sable dur et parfois tiède quand le soleil est plus clément.

La première fois qu'il m'a proposé un joint, je ne savais même pas ce que c'était. Il a sorti de sa poche des petites miettes qu'il a mélangées à du tabac. Il roulait, il faisait glisser sa langue sur le papier, il a allumé l'engin.

Il a tiré trois fois dessus et il m'a dit :

– Tu veux essayer ?

J'ai répondu :

– C'est une clope ?

Il s'est marré en répétant plusieurs fois :

– T'es con, mais que t'es con !...

Après, on a entendu un cargo qui souffrait au loin, qui laissait échapper une fumée épaisse et noirâtre, comme s'il avait déjà commencé à fondre. Comme s'il brûlait sur l'eau.

On a senti une odeur de goudron et ça venait de la mer. Je ne sais plus si c'était vraiment du goudron ou si c'était le joint qui me tuait déjà des milliers de neurones.

On est rentrés en se tenant par l'épaule et en chantant des vieilles chansons de Renaud comme *Laisse béton*.

Maxime connaissait par cœur *Hexagone*. Il chantait ça avec un air très sérieux. À chaque fois, absorbé par le texte. Je l'écoutais, faisant mine de découvrir les paroles pour la première fois. Faisant mine de tout comprendre.

J'avance. Sous mes pieds, les graviers craquent comme si je les broyais. Je suis un sentier, puis un autre. Autour, des fleurs peuplent les jardinières. Des bacs en bois qui se superposent. Même une fontaine.

Un point d'eau dans un creux attire mon attention. Un bassin façonné dans la roche. Dans le fond, une pellicule de granit.

Trois bancs autour, et dessus des dizaines de fientes de pigeons ou de mouettes, j'en sais rien, je ne suis pas d'ici, pour moi c'est la même chose, c'est un truc qui vole et qui gueule trop fort et qui envahit la rue piétonne dès qu'un type fait tomber une frite de son sandwich débordant de mayonnaise.

Je m'assois et tant pis pour mon jean. Je suis sûr que tu aurais adoré être là, sous les saules qui trempent délicatement leurs branches, comme un éléphant plongerait sa trompe dans une flaque boueuse.

D'ici, je peux presque te voir, tu sais.

Je cherche dans les allées et venues des gens la force pour venir affronter ton regard.

Si tu voyais ça. Ils courent, regardent le sol. Leurs pieds roulent sur les pierres farineuses, ils en envoient sur les fleurs, ils sont pressés, ils ne décollent plus leur téléphone de leur oreille, ils devraient se le faire greffer contre la joue.

Sur un nénuphar, une petite rainette donne de la voix dans ma direction. Je ne vais quand même pas lui filer du pain. J'ai toujours détesté ces gens qui, le dimanche, lancent des baguettes entières aux canards et aux oies, ces gens persuadés que ces pauvres nasillards meurent de faim. En général, les types de la mairie râlent quand ils retrouvent un canard mort étouffé, tellement il a ingurgité de pain sans s'en rendre compte.

Écoute, ma belle, ne compte pas sur moi. Tu es mal tombée. Je ne joue pas le jeu de ces familles en poussette.

Je n'ai plus de famille, moi. Ma famille, c'est trente types au foyer. Trente balafrés. Et basta.

Il ne me reste que toi, Emma. Pas sûr que tu me pardonnes un jour. Pas sûr que tu veuilles un jour me revoir.

Et pourtant, j'ai suivi l'ambulance, j'ai couru, j'ai vu le brancard, j'ai dormi sur deux chaises, j'ai chialé, je me suis fait virer par une grosse femme de ménage et je ne sais même pas si tu voudras encore de moi.

Quand tu vas me voir, tu vas craquer parce que t'as eu tellement peur quand le camion est arrivé.

Tu m'as cramponné à la taille. Tu m'as cramponné si fort.

Quand j'entrerai dans ta chambre, tu seras ravie de me voir pour me cracher à la gueule.

Parce que c'est moi qui conduisais. Tu entends ?

C'est moi.

Emma

– M'man.

Et comme par miracle, elle rouvre les yeux. Je dis miracle car pour moi, c'est une femme proche de la cinquantaine qui dort sur le fauteuil. C'est rien de plus.

– Hum. Ça va ?

Sans doute la question que je hais le plus au monde.

– J'ai sûrement connu mieux.

Elle me sourit.

– Tu veux bien m'en dire plus ?

– Sur ?

– Sur moi.

Après un temps d'attente, elle replie le magazine qui dormait sur ses genoux, se lève et vient me prendre la main.

– Tu es une jeune fille douce. Délicate. L'an prochain, tu passeras ton bac section littéraire. Depuis l'âge de sept ans, tu joues du piano au conservatoire. Tu es notre petite chérie. Nous avons eu des difficultés avec ton père pour t'avoir. Alors, tu es notre petite chérie, tu comprends ?

– C'est tout ?

Devant ma déception, ma mère cherche. Et puis son visage s'illumine.

– Non. Tiens, un jour, tu as mordu ta tante Suzanne sous prétexte que son chien t'avait mordue. Tu nous avais fait beaucoup rire.

– Tante Suzanne ?

– Oui, la sœur de ton père.

C'est comme si on me racontait une histoire. Comme si je découvrais le scénario de ma vie. Mes yeux se gonflent. Pas uniquement parce que je suis vide et que mes premiers souvenirs sont ceux d'une aiguille bloquée sur une horloge.

Je me sens étrangère.

Je n'ai rien vécu. Et il me faut tout recommencer.

Seulement, je n'en ai pas la force.

– Et vous, avec papa ?

Ma mère n'arrive plus à me répondre. Je sens que chaque question est un coup de poignard. Une distance supplémentaire qui s'installe entre nous.

– Ton père ne devrait plus tarder. Il a promis de faire vite.

J'ai peur de ma réaction quand il fera défiler sous mes yeux ses tonnes de photos. Il va falloir rester polie et leur dire gentiment que non, cette personne-là non plus, elle ne me dit rien.

Ma mère part se laver les mains. J'entends le robinet ouvert à fond. Dans le miroir, je vois son visage mouillé. L'eau perle sur son front puis coule le long de son nez et de son menton.

Elle se regarde, étirant sa peau qui, par endroit, s'est ridée.

Je crois que pour elle, comme pour moi, seize ans de vie sont bel et bien effacés.

Arthur

– Qu'est-ce que tu fous ? Ça fait des heures que j'essaie de te joindre !

La voix de Richard me glace le sang. Je me demande quel réflexe m'a fait décrocher. J'aurais dû bazarder mon téléphone.

Dans les un mètre quatre-vingts, cheveux bruns et très courts, de grands yeux noirs, Richard a toujours une blague en réserve quand on est au fond du gouffre. Je le soupçonne parfois d'en chercher dans des magazines puis de les apprendre par cœur pour nous les ressortir intactes, sans jamais les écorcher. C'est le genre d'éduc qui encaisse toutes les crasses qu'on lui fait subir et qui continue de nous sourire et de nous emmener faire un basket dans la salle polyvalente.

Il va falloir que je lui réponde. Rien à foutre, ne comptez pas sur moi pour revenir dans votre prison. Je me tire, vous entendez, je me tire !

J'aspire de l'air et je lui dis :

– Ouais, qu'est-ce qu'il se passe ?

– Il se passe qu'on ne t'a pas vu depuis hier et qu'il semblerait que tu sois mêlé à un accident près du port. Qu'est-ce que t'as fichu ?

Soit je lui dis tout, comme ça de but en blanc, soit je me défile. Et dans l'affolement, il faut chercher la sortie de secours la plus proche.

– Dis, Richard, pourquoi vous ne m'oubliez pas ?

Il prend un ton genre série policière américaine. Ultra sérieux.

– Tu es mineur et sous notre responsabilité.

– Considérez que je suis mort.

– Ne dis pas n'importe quoi. Tu es où, que je vienne te chercher ?

Sa gentillesse et sa fermeté me tapent sur les nerfs.

– Richard, je te dis que j'existe plus. Rayez-moi de vos listes ! Ciao !

– Attends, Arthur…

Je balance mon portable dans le bassin. La rainette qui somnolait sur le nénuphar a plongé. Je serre les poings et donne un grand coup dans le tronc juste derrière moi, qui bouge à peine sous l'impact. Par contre mes doigts sont en sang, ça vibre encore à l'intérieur, ça tremble. La veine libère le sang qu'elle stockait.

Le rouge tombe dans l'eau.

Je pense à toi. Je n'ai pas regardé l'heure sur mon portable avant de le jeter. Peut-être est-ce déjà le début des visites ?

Peut-être m'attends-tu ? Peut-être m'as-tu déjà largué ?

Emma, quand tout sera fini, je te construirai de mes mains une petite maison sur la falaise, en face de la mer. Et je tondrai la pelouse tous les dimanches comme le faisait le mari de Taffarec et si c'est pas assez, j'essaierai les gitanes maïs, les marcels blancs et les chapeaux de paille. Ça sentira les pins. Dès l'aube, ça sentira le sel et les algues noires.

J'enroule ma main dans mon dernier kleenex. Très vite, le papier rougit. Je tourne la tête parce qu'un vieux passe près de moi. Suis obligé de me moucher avec les doigts. Et de respirer fort face au buisson. De camoufler.

La rue devant l'hôpital se gonfle de voitures, les passages s'intensifient, une fille à casquette entre dans le fast-food en face, un gros trousseau de clés à la main.

Ma main est parcourue de petites secousses. Mon sang cherche à sortir. Il fait l'élastique. Il s'étire.

Nul doute.

Il veut te rejoindre, mon Emma.

Emma

Sa voix se fait de plus en plus présente. Virginie entre doucement, toujours un dossier à la main. Mon père n'est pas encore revenu. Je l'imagine fouiller dans la maison à la recherche d'une photo, d'un objet. Je l'imagine, mettant un souk pas possible, retournant les tiroirs. À la recherche de tout et n'importe quoi pour que revienne ma mémoire.

– Tu dors ?

Ce sont ses mots. J'ouvre un œil. Sept heures douze. L'aiguille me glace le sang.

– Je dormais.

Elle s'avance. Je la connais peu mais suffisamment pour savoir qu'elle a quelque chose à me dire. Virginie se gratte d'abord sous la lèvre inférieure puis le lobe de l'oreille droite.

– Je peux te déranger ?

J'ai mal au ventre. Le trou s'agrandit à chaque instant. Je touche mais il n'y a rien. Je dois m'en persuader. Emma, il n'y a rien. Oublie les plaies, les contusions, les déchirures. Tu n'as pas un trou dans le ventre. On ne t'a pas arraché les organes. Arrête, tu délires.

Je me réveille complètement. Je rêverais de pouvoir m'étirer comme un chat. D'écarter chacune de ces côtes qui me brûlent.

– Pour ?

– Tu vas devoir partager ta chambre.

Je ne réagis pas. Je pense à mon ventre. À la chair absente. À ma folie.

Elle poursuit.

– Ici, on ne désemplit pas.

Elle semble porter tous les malheurs du monde en me disant ceci. Mais qu'est-ce que je peux lui dire ? Qu'est-ce que je peux faire ? Ce n'est pas parce que je suis amnésique qu'on doit me dorloter davantage. Au contraire même, j'étouffe.

Ma mère, dans le fond de la chambre, cherche à se faire toute petite. En plissant les yeux, on pourrait la confondre avec les rideaux. La perdre dedans.

– Comme vous voulez.

– Tu peux me tutoyer, tu sais. J'ai à peine trente-deux ans.

– Si ça te fait plaisir.

Ma mère me fait des yeux qui semblent dire que j'exagère. Et que je pousse le bouchon un peu loin. Mes yeux lui échappent.

– C'est provisoire. Le temps qu'une chambre individuelle se libère.

Virginie sort des draps et fait le lit d'à côté. Elle relève le dossier et soulève chaque coin du matelas pour y glisser une alèse.

Ma mère la regarde faire. Tout comme moi, dans un silence de plomb.

Je passe la main droite sous mon ventre. Il faut que j'arrête.

– M'man. C'est qui Virginie Ledoyen ?

– Une fille de la télé, je crois. Tu te souviens d'elle ?

– Je sais pas. Je la connais ?

On éclate de rire, spontanément, en même temps, nos dents vers l'avant. Et Virginie, la tête dans mon dossier, sourit timidement.

Des larmes coulent dans mon cou et tombent sur ma nuque parce que je vois très bien qui est cette jolie brune. Ma mère essuie avec un mouchoir l'eau qui envahit mon visage.

D'un murmure, elle ajoute :

– C'est une actrice.

Le ciel est net, un vrai ciel d'été avec son bleu franc et foncé. Sans nuage. S'étendant jusqu'au bout du monde. Délivrant sa lumière. Traquant les ombres.

Mon père se croit obligé de frapper. Il a carrément rapporté un sac de courses.

J'ai peur de son sourire.

Peur parce que je sais très bien que les photos ne vont rien changer. Et mal parce qu'il va falloir retenir les noms, écouter les anecdotes, les voir se couper la parole pour me submerger de souvenirs.

Je ferme les yeux et je pense à celle que j'étais.

Emma. Seize ans. Albert Camus. Rue du Port. Allez, ne t'en fais pas. Ça va revenir.

Mais c'est son visage que je vois. Celui de Ledoyen. Portant une longue robe luisante. Ses mains fines tenant un programme coloré. Soir d'avant-première. Ses cheveux lisses et foncés. Ses yeux en amande. Son rire quand on la photographie.

Je vais devenir folle.

Et la musique continue.

Arthur. Rue du Port. Et sa fuite.

Mais pourquoi n'est-il pas là ?

Arthur.

Mais qu'est-ce que t'attends pour me prendre dans tes bras ?

Arthur

Le soleil a figé mon visage. J'ai dû dormir un moment. Le bassin est calme. Plus un bruit. Les poissons au fond naviguent dans des eaux sombres. La rainette sous abri, sûrement sous son nénuphar.

Je me frotte les joues, autour de moi toujours le même silence, cette tranquillité morte presque inquiétante.

Je bouge ma main qui me fait terriblement mal. Mes doigts sont bleus. Je me demande quelle douleur a ressenti l'arbre. Et surtout s'il saigne lui aussi de l'intérieur. Je dis n'importe quoi. Et j'ai faim. Rien avalé depuis hier.

J'avais prévu qu'on aille manger après. Rien ne devait se passer comme ça. J'avais tapé dans les poches de Richard. Il laisse souvent des billets de dix enroulés, pour ses parties de poker.

J'en avais pris trois. Je voulais t'emmener au resto. Face à la mer. Celui qui sert des moules, des frites et des glaces à l'italienne aussi hautes que le phare.

On devait quitter cette ville, partir loin. C'était décidé. On avait tout calculé. J'étais planqué derrière l'hypermarché. À l'endroit même où ils font les livraisons. En t'attendant, j'ai vu des types déballer du poisson, du sang de veau sur le bitume, ça puait, ils déversaient ça n'importe où, sur les parterres de fleurs, dans les caniveaux, ça coulait partout. D'autres s'affairaient à balancer des cartons sur des palettes, je crois que c'étaient des sachets de chips, enfin ce devait être de la bouillie. De la purée, tiens, je dirais si j'avais l'humour de Richard.

Je t'ai attendue une bonne heure. Une heure c'est long, j'ai cru que tu ne viendrais pas. Enfin, je t'ai aperçue, tu te mangeais les doigts, ça devait te stresser tout ça, je suis désolé, c'est moi qui avais tout manigancé. C'était mon idée. C'est moi qui devrais être dans ton lit.

Tu m'as fait signe, un sourire pincé qui disait tout. Tu as couru et grimpé derrière moi. J'ai démarré comme un malade, tu as failli tomber à la renverse. Mais tu t'es retenue. J'ai senti tes mains sur mon torse. Et ça m'a réchauffé. Et Dieu sait qu'il ne faisait pas froid. Mais c'était une toute autre chaleur. J'imaginais tes doigts sur ma peau. Nous avions fait le bon choix. Je l'ai su à ce moment-là.

On est partis en ville. On a filé droit vers le port. Le vent soufflait déjà fort.

Il est apparu de nulle part. Juste entre deux rafales.

Sur la droite, une rue que je n'avais pas vue. Le mec n'a pas eu le temps de freiner et le camion a démoli l'arrière du scooter.

Tout s'est passé si vite. Je crois que tu as dit : « Attention ! » mais je ne sais plus. J'avais bu trois, ou quatre, ou six bières. Je me suis relevé, j'avais rien. Des bleus à la cuisse mais c'était rien.

Toi, comme un ange, tu dormais.

Je me suis précipité, tu bougeais plus. J'ai soulevé ta tête et j'ai hurlé.

Mes mains étaient couvertes de sang.

Emma

Ils l'ont déposée il y a dix minutes. À peine dix minutes. Mes parents se sont absentés pour que je me repose. Avant la grande séance photos.

Dix minutes. Je le sais, j'ai compté. Même sans horloge. Pour chaque seconde, je fais un claquement de mâchoires.

Et depuis elle n'a pas bougé. Allongée, sur le côté. Elle a tiré le drap blanc, elle s'est enroulée dedans, comme un animal perdu. Je l'ai vue dans la fenêtre, son reflet, je l'ai aperçue, elle avait des marques sur le visage, un œil explosé comme après un match de boxe et des griffures sur les joues.

Qu'était-il arrivé à cette femme ? À quoi pensait-elle, ainsi cachée ? Pourquoi ne voulait-elle pas que je la voie ?

Je me suis sentie mal. D'être là, tout simplement. J'aurais voulu être une fourmi, disparaître. Ne pas être impliquée dans cette histoire. Et pourtant, c'est dans ma chambre qu'ils l'ont déposée.

Dans notre chambre, à toutes les deux désormais.

Virginie l'a observée un long moment avant de quitter la pièce. Elle se pinçait les lèvres, elle oubliait que j'étais là. Je me suis demandée si elle la connaissait.

Ils étaient trois. Trois brancardiers beaux comme des chanteurs de rock. Une paire de jumeaux aux regards vifs et un grand qui paraissait être le chef. Il avait une boucle d'oreille et sous sa tenue blanche un tee-shirt manches longues bleu marine et gris, genre marin échoué.

– Tu veilleras bien sur elle, hein ?!

Il m'a dit ça comme si c'était quelqu'un de ma famille.

– Vous savez ce qui lui est arrivé ?

Je ne sais pas ce qui m'a pris. Qu'est-ce que j'en avais à faire de cette femme ? Il valait mieux que je me concentre sur mes souvenirs et sur le gouffre qui les avait avalés. Il valait mieux que je soigne ce dos meurtri, en bouillie, mais qui se réveillait et m'envoyait de temps à autre un signe pour me dire qu'il était encore en vie.

Le brancardier a marqué un temps puis il m'a répondu :

– Le type qui la fait bosser… il semblerait qu'elle tapait dans la caisse. Il l'a surpris hier soir. Elle avait embarqué un joli pactole.

– C'est lui qui… ?

– Je crois bien, oui. Tout ça pour trois cents euros.

On aurait dit qu'elle avait reçu des coups de cutter ou de lames de rasoir sur le visage. Les écorchures étaient rouges et nombreuses. Comme si un chat l'avait sculptée de ses griffes aiguisées.

Je voyais tout grâce à la fenêtre qui là, jouait un rôle inhabituel de miroir.

Les trois brancardiers sont sortis, dans un silence pesant. Je sentais dans mon bras gauche une tension.

Peut-être le sang qui cherchait vainement à circuler ?

Mon bras qui voulait à nouveau remuer ?

Et depuis. Depuis, elle ne bouge pas. C'est à peine si on la voit respirer. Le drap flotte sur son corps inerte.

Au loin, j'imagine la mer mesurer ses vagues, faire craquer les mâts, jouer avec les bateaux, décider de tout faire chavirer ou bien d'épargner.

Et d'un souffle, elle envahit les galets blanchis de son écume.

Arthur

Je suis revenu près du bassin. Une fois arrivé à l'accueil et lorsqu'on m'a demandé ce que je voulais, ma bouche n'a pas pu s'ouvrir parce que j'ai réalisé une chose.

Et si tu n'étais plus là ?

Si le sang qui coulait sur le bitume avait fini par s'échapper tout entier ?

Je trempe ma main meurtrie dans le bassin, et c'est comme si on me mettait de l'alcool dessus, ou comme si des piranhas me bouffaient les doigts. Je fais naviguer ma main, elle s'enfonce dans l'eau jusqu'à toucher le fond en béton recouvert de vase. Je la ressors et l'eau se trouble. Les ondulations peu à peu s'éloignent, grandissent, et j'aperçois les visages déformés d'un couple qui s'installe sur un banc.

De quel malheur ont-ils été frappés ?

Ici, quand on croise quelqu'un et qu'il fait profil bas c'est que le cœur d'une tante, d'un père, d'un frère a cédé. C'est qu'une allergie, un kyste, une tumeur a fait son apparition.

Je m'assois sur l'autre banc. Celui joliment fleuri de merdes d'oiseaux. Le même que depuis ce matin. Celui qui permet de ne pas être vu de la rue. Une rangée de buissons épais et par endroits troués me sert de dossier.

Je me souviens des cabanes que je faisais dans les lauriers du voisin. Olga dormait, le soleil était à son zénith, nous avec Amélie (la fille de Taffarec) on avait creusé le laurier. Au frais, à l'ombre. Tapis sous les branches qu'on taillait à la main, on s'écorchait les doigts, parfois ça pissait le sang, on léchait goulûment et ça gonflait un peu. Une feuille autour, ça piquait, on brisait d'autres branches, on y mettait des ballons, des quilles et des manteaux.

On marquait notre territoire. On était des survivants. Et on n'attendait qu'une chose. Les yeux plissés, les traits du visage tirés.

La pluie. Quand elle venait, elle coulait sur les feuilles et nous étions à l'abri, loin du monde, sur notre radeau.

Parfois on mangeait des clémentines et des barres de chocolat qu'Amélie avait prises chez elle dans le placard de la cuisine.

On écoutait le bruit de l'eau, les flaques qui naissaient sur le sol, on enfilait nos manteaux, nos capuches, on pouvait rester là des heures durant, jusqu'à la fin du jour, jusqu'à ce qu'on remarque nos absences.

Le couple se parle, c'est infime. Comme une feuille qui tombe de l'arbre, personne ne s'en aperçoit, personne n'y fait vraiment attention, les regards sont tournés ailleurs, le mien vers ce bâtiment qui te retient.

C'est moi qui ai voulu qu'on parte. Toi, t'en pouvais plus de tes parents. De leurs engueulades. Moi, je voulais dormir avec toi, sentir tes cheveux dans un lit, te sentir près de moi, que tu me caresses les joues, que tu me dises que ça pique, que tu préfères quand je suis rasé. Je voulais te voir te déshabiller, retirer ton pull, et tout le reste, j'avais prévu de vivre loin avec toi, où exactement, je ne savais pas, mais avec toi.

– On sera bien, tous les deux.

Je t'avais dit ça pour que tu me suives.

– Tu es sûr que le foyer est d'accord ?

Ça n'a pas été facile de te répondre.

– Sinon je ne serais pas là.

– Écoute, Arthur, je ne sais pas.

– Tu veux plus partir ?

– Si. Mais…

Tu t'es approchée.

– J'ai peur.

Pour te rassurer, je t'ai embrassée longtemps. J'ai immobilisé ton visage dans mes mains, tes yeux étaient embués, je t'ai trouvée belle, belle comme jamais.

Ils parlent de toi. Les deux qui sont installés en face de moi. Toutes les phrases sont ponctuées de ton prénom.

Je les regarde et je sens dans mes yeux monter des larmes.

Grosses et chaudes et si dures à retenir.

Ce sont tes parents. Je les avais jamais vus. Ils parlent à voix haute. Et comme je suis seul avec eux, ils finissent par me parler. Comme si parler de leur tristesse pouvait l'atténuer.

Je mords ma joue jusqu'à sentir le sang envahir mes dents. Je fais tout pour ne pas pleurer.

Ils n'ont jamais su pour nous. Que tu sortais avec un cas social comme moi. Qu'à ton lycée, la plupart de tes copines ne te parlaient plus depuis qu'on était ensemble.

Je les regarde mais j'ai peur que mes yeux me trahissent.

Ils m'expliquent tout.

C'est un peu une réunion de famille, mais sans toi.

Ton père était en déplacement. Son entreprise l'avait envoyé à Nantes. Et ta mère, le corps emmitouflé dans une couverture, a dormi dans un couloir de l'hôpital. Ton père est arrivé dans la nuit. Les yeux explosés d'avoir conduit dans le noir. Et fini leurs engueulades. Ils ont attendu, les paupières fixes, espérant à chaque claquement de porte que c'était un médecin qui annonçait ton réveil. Ils ont attendu, la lune se reflétant sur le mur. Côte à côte, sans parler, dévisageant les infirmières dans leur blouse blanche, ils ont attendu, ils ont espéré.

Jusqu'au petit jour.

Ton père sort une cigarette de son paquet éventré. Face au vent, une main barrant sa bouche et son menton, l'autre actionnant le briquet trois, quatre, cinq fois, il tente de l'allumer. Mais le briquet fait des siennes. Il s'éloigne, cigarette à la main, à la recherche d'un mur pour s'abriter et surtout d'air pour respirer.

Le visage de ta mère ne s'allume pas non plus. Elle m'examine, à mon tour je sors une cigarette que je m'empresse d'allumer pour ne pas avoir à parler.

Ta mère joue avec ses ongles, ses cheveux balayés par un vent chargé de bouts d'écorces, de terre, de feuilles mortes, de pétales, de pollens, de poussières de tuiles.

Elle tremble. Son corps est parcouru de frissons qui rendent fous ses pieds, sûrement ses mains, sûrement son ventre, sûrement sa tête.

Elle tousse.

– Comment tu t'appelles ?

Je ne peux pas dire la vérité. Ma tronche et mon nom défilent dans les journaux télévisés. Pourtant, ils ne m'ont pas reconnu. À mon avis, ce sont les seuls à ne pas avoir vus les infos.

Je pense au bruit des cargos, je ferme les yeux et je ne trouve que ça.

– Maxime. Mais vous n'êtes pas obligée.

– De quoi ?

– De vous intéresser à moi.

Elle me sourit et je ne sais pas où me mettre.

– Tu es d'ici ?

– Oui, enfin plus ou moins.

– Dis-moi si c'est pas trop indiscret, tu es là pour ?

– Mon père. Accident de toit. Il s'est fracassé le dos en changeant les ardoises d'un client. Il pleuvait, c'était glissant, il a perdu l'équilibre.

À parler avec assurance, à porter le masque, je suis habitué.

– Pas trop grave ?

– Non, il est pas tombé de très haut.

– Et tu ne vas pas le voir ?

– J'attends ma mère. On s'est dit qu'on irait ensemble.

– Tu la connais peut-être, notre fille. Tu es à quel lycée ?

– Prévert.

– Ah ! Elle est à Camus.

– Et vous, votre fille ? Vous n'allez pas la voir ?

– Elle dort. Elle a besoin de souffler. Elle est très fatiguée.

J'en ai fait des conneries mais là c'est monstrueux. J'ai honte de vomir tant de mensonges. Je vais en crever. Marre de me sauver la face. Ta mère ne quitte plus le bassin des yeux, comme si tu allais en sortir et rire aux éclats, dans un costume géant de grenouille.

Je pense à toi. Pas un instant, je ne peux me détourner de toi. Tu vis. J'en ai la preuve. Tu t'es réveillée. Ta mère m'a tout raconté. Tu es vivante.

Je pense à toi, j'ai mal, parce que tu vas me jeter, me renvoyer dans mon foyer pourri, me dégager par la fenêtre, et tu sais quoi ?

Je te laisserai faire, j'ai plus de forces, j'ai seize ans j'en parais quarante, j'ai vécu trop de choses, j'ai mal partout, j'ai trop menti.

Tu vas me jeter. Et quand tu me pousseras, mon corps tombera dans le bassin, on me verra aspiré dans la vase, et je finirai noyé au fond.

Il n'y aura plus de temps, plus de vent, plus de musique, plus de soleil, plus de vagues.

Plus aucun souffle.

Dans mes yeux secs et voilés le vide s'engouffrera.

Emma

Virginie vient de vérifier ma tension. Et de me poser des questions toutes bêtes comme le nombre de mes doigts, ou le temps qu'il fait. Ils ont peur que je devienne folle. Et j'ai peur tout autant qu'eux. Elle a complété ses fiches, a refait son « hum hum » qui ne veut rien dire pour moi. Qui me fait paniquer à chaque bruit de gorge. Elle a récupéré la fiche du Dr Gauthier. J'ai écrit Emma, seize ans et c'est tout. J'ai découvert mon écriture. Des grosses lettres et des majuscules trop calligraphiées. Une écriture que je déteste. Qui n'est pas moi. Virginie a encore fait son « hum hum » et elle a appuyé sur le bipper. Elle m'a demandé si je voulais quelque chose. Je n'ai pas répondu. Juste souri. Elle avait une urgence, elle a trouvé que j'avais repris des couleurs, et elle a déguerpi.

Mes parents ne sont toujours pas revenus.

M'ont-ils abandonnée ? Ils n'auraient pas tort. Qu'est-ce qu'ils vont faire d'une fille qui ne les reconnaît même pas ?

Je tire sur les fils, l'un d'eux, paraît-il, m'aide à respirer. Rien à faire. Qu'on me fiche la paix. Au loin, je vois la mer et je veux plonger mon corps dans ses vagues.

La tête me tourne mais je suis debout. Je ne sais pas comment, mais je suis debout. Mon bras droit fait l'effort. Tient toute la carcasse. Un voile blanc m'aveugle.

Mon visage se colle contre le mur, je sens les briques derrière, j'écoute la chambre à côté, c'est sourd, c'est un son de piscine, les voix sont déformées, graves ou suraiguës. Étranglées.

Virginie, qui avait laissé son dossier sur mon lit, entre précipitamment.

– Emma ? Mais qu'est-ce que tu fais ?

Les vagues s'enfouissent sous mes paupières. Je devais adorer tripatouiller le sable, surtout l'humide, je creusais un trou immense, je m'y cachais, je recouvrais mes jambes de sable, et j'attendais que la mer vienne me lécher les genoux, que le soleil pâlisse et s'enfonce sous les eaux, nous envoyant des signaux orangés et roses.

Je me revois.

Oui, je vois une petite fille.

Elle porte un seau qu'elle a rempli quatre fois de sable pour ériger les tours de son château. Reste le plus délicat. Les remparts. Parce qu'elle a décidé qu'il y aurait des meurtrières. Pour observer les assaillants. L'ennemi justement approche, de son écume et de son ressac de plus en plus violent. Il attaque d'abord les douves qu'elle a creusées en catastrophe.

Elle brandit le drapeau blanc mais la mer est aveugle. Elle a décidé de tout engloutir. De ne laisser que des miettes de souvenirs. La petite ne peut qu'observer le spectacle désolant de ses tours qui se fissurent puis lentement s'enfoncent, disparaissent même, se confondant bientôt avec une légère bosse qu'un pied glissant aurait dessiné lors d'une partie de volley.

Et les yeux clos, tandis que Virginie pousse des cris terribles et perd peu à peu sa voix à vouloir me raisonner, j'attends la mer pour la défier et lui faire cracher les souvenirs qu'elle m'a volés. Et qu'à marée basse elle a, au loin, dispersés.

Emma,

J'ai emprunté des feuilles à l'accueil de l'hôpital, l'hôtesse n'a pas cherché à savoir à quoi ça allait servir, rien que pour ça, j'ai voulu la remercier, pour une fois, on me foutait la paix. Et j'ai piqué au passage un Bic noir.

Je ne sais pas pourquoi je t'écris ça. Je voudrais que tu me pardonnes. Que tu me dises qu'on était deux à vouloir partir. Si tu savais comme je voudrais me foutre des baffes.

J'ai rencontré tes parents, près du bassin. Je leur ai menti. Ils pensent que je m'appelle Maxime. J'ai dit n'importe quoi. J'imagine qu'ils sont revenus auprès de toi.

À ton lycée, tout le monde raconte que si tu sors avec moi c'est parce que tu te sens obligée d'aider tous les cas sociaux. Mais toi, t'es différente. T'es pas comme tes copines du conservatoire.

Si tu savais tout ce qu'on raconte sur nous. Y'a pas une copine à toi qui y croyait, à notre histoire.

Toi, la fille rangée, avec moi, le jeune du foyer.

Parce que, oui, j'habite dans un foyer. Tu t'en souviens de ça ? Mes parents, Yann et Olga, tu t'en souviens que je t'en parlais ?

Tu sais que ma mère a appelé le foyer ? J'étais en cours. Le soir, mon éduc Richard m'a dit qu'elle voulait reprendre contact. Savoir qui j'étais devenu.

J'en ai pas dormi de la nuit. J'ai eu mal au ventre et, en même temps, je me suis rappelé les chansons russes qu'elle murmurait au pied de mon lit, le soir quand j'étais tout petit.

Je te raconte ça parce que j'ai peur qu'on te dise n'importe quoi sur moi. Emma, je sais bien, tu m'aimes plus. On peut pas aimer quelqu'un qu'on ne connaît pas.

Mais je vais venir.
Donne-moi juste un peu de temps.
Je suis en bas. Je suis là.

Arthur

Arthur

Près du bassin, le vent s'est sensiblement levé. Il fait remuer l'eau qui déborde et se déverse sur l'herbe. Sous un nénuphar, une rainette sort sa tête de l'eau et s'immobilise un long moment.

Hier, j'ai appelé les secours et je me suis caché.
C'est comme ça que ça s'est passé.

Me suis planqué. J'étais déjà le monstre. Si on me repérait j'étais fait comme un rat. Je suis sûr que les autres du foyer avaient déjà prévenu les flics. J'en suis sûr, c'est leur job de nous faire croire qu'ils pensent à nous. À ce que nous faisons de nos vies pourries. Renversées.

Hier, je les ai vus te transporter sur une civière. Un chien ou une planche de bois ou toi, c'était la même chose. Je me suis dit qu'ils devaient en ramasser souvent des cadavres, des tas de corps inanimés, des souffles éteints, des yeux clos. Ils sont habitués, c'est évident.

Ils ont soulevé la civière et tout à coup j'ai cru qu'ils manipulaient un vase de cristal qui pouvait à tout moment se briser. Comme si, en soulevant ton corps, ils se souvenaient que tu étais bien présente.

C'étaient deux types. Un grand brun et un gros grisonnant. Ils mâchaient des chewing-gums, ils avaient l'air crevés.

Depuis combien de jours ils n'avaient pas dormi ?

Voilà ce que je me suis dit en voyant les marques noires sous leurs yeux. Et en voyant la façon dont le grand se massait le bas du dos, le gros s'étirer comme un chat. Ils se sont regardés et le grand a brisé le silence :

– C'est bon, j'ai un pouls.

Le gros s'est gratté la tête.

– Elle a quoi, quatorze… quinze ?

– C'est l'âge de ma fille.

– Élodie a quinze ans ?

– Ouais. Crois-moi, pas demain qu'on lui paye un scooter. T'façon, Nicole trouve ça trop dangereux.

– Combien de temps que je l'ai pas vue, ta fille ?

– J'sais pas. Passe à la maison. Quand tu veux.

Ils parlaient de tout sauf de toi. Enfin, ils disaient le minimum sur toi. Après, ils ont parlé de leurs familles, le grand de sa fille qui a notre âge et le gros de ses dimanches de pêche en solitaire.

Ils murmuraient, comme pour ne pas te déranger. J'ai eu un frisson et j'ai pensé qu'on parlait aussi à voix basse dans les cimetières.

Après, ils t'ont emmenée dans cet hôpital construit trop vite, où le crépi s'effrite, où les tags fleurissent au rez-de-chaussée, où le silence pèse. Comme ta tête que j'ai voulu soulever et qui ne répondait pas à mes appels.

Mais avant, ils t'ont fait des tas de soins dans leur ambulance. Ils t'ont branchée, ils ont essuyé ton visage en sang, ils t'ont fermement attachée, peut-être pensaient-ils que tu allais t'évader ? Peut-être voulaient-ils te livrer directement à la morgue ? Je crois qu'ils étaient tout autant perdus que moi.

Je les entendais discuter. Ils étaient penchés sur toi. Le gros a enchaîné.
– Tu crois qu'elle va s'en sortir ?
– Bien sûr. C'est toujours très sanglant la tête. Mais c'est plus impressionnant que ce qu'il en est vraiment.
– T'es bien optimiste.
– Et toi, tu penses toujours au pire.

Une sirène criarde est apparue du bout de la rue. C'étaient les flics. Peut-être pour moi. Une heure que j'avais disparu et on ne pouvait pas se passer de moi. Le foyer se faisait un sang d'encre.

Ils venaient pour le chauffeur du camion. Ils étaient trois et ils lui ont posé des tas de questions. Le type était tout petit, blond et avait une moustache qui lui cachait la bouche. On ne voyait pas s'il souriait ou s'il pleurait. Son visage, séparé en deux. Son visage a disparu dans la bagnole des flics qui a démarré dans un hurlement terrible.

J'ai couru. Couru jusqu'ici.
J'ai pensé à toi, à nous. À rien d'autre et je me suis juré de me foutre en l'air si tu ne te réveillais pas.

Emma

Mes parents m'ont fait mille reproches à leur retour.

Et pourquoi tu t'es levée ? Tu n'es pas folle de faire ça ? Tu as envie de rester encore plus longtemps ici ?

Il a fallu les écouter. Et pourtant, me revoyant petite fille, le monde est devenu plus léger. Elle courait dans les dunes. Elle faisait des roulades. Ses cheveux irradiaient, près des roses trémières. Elle courait et s'amusait à s'enterrer les pieds.

Peut-être qu'on me ménage pour m'éviter de devenir folle ?

Mais qui était ce garçon ? Est-ce qu'il avait prévu qu'on meure ensemble ? Qu'on s'envoie dans le fossé ? Qu'on y reste ?

Je regarde celle qui ne bouge pas, dans son lit, à quelques centimètres de moi. Peut-être une heure qu'elle est là.

Peut-être plus ?

Je ne sais pas.

Mes parents ont rapporté des vêtements. Pas pour maintenant. Je suis cassée de partout. Et j'ai interdiction de tenter à nouveau de me lever sous peine d'être ligotée.

Ma mère plie un à un les vêtements dans l'armoire située en face de mon lit. Une armoire tristement blanche avec trois étagères tout aussi blanches.

Devant moi, défilent les jeans d'Emma, ses tee-shirts brillants. Est-ce que je trouve ça beau ? Est-ce que ça me plaît ?

Je ne trouve aucune réponse.

Je pense seulement à toi, Arthur.

J'aime déjà ton prénom. Tu es brun ou bien châtain. J'espère que tu es doux quand tu prends dans tes bras. Je n'ai aucun souvenir de toi mais j'espère qu'Emma aimait les bras tendres.

Arthur, tu peux venir. Je ne t'en veux pas. Je n'en veux à personne. Mon bras gauche, mon dos, mes plaies, les hématomes sur mon ventre, c'est rien.

Quand tu viendras, j'espère que tu me trouveras belle. Aussi belle qu'avant. Que tu m'aimeras comme hier. Aussi belle qu'hier.

Arthur, je sens une béance dans mon ventre. Pose ta tête, que je te caresse les cheveux.

Le jour va passer. Viens, Arthur. Ne me laisse pas.

Arthur

La lettre entre les mains, j'approche de l'accueil. À chaque pas, mon cœur accélère. S'emballe.

J'entre et un type me bouscule. Il aide sa femme à franchir les portes coulissantes. Elle ne tient pas en place, il lui demande de se calmer, elle a un regard noir, il piétine, elle va l'assassiner, l'accouchement est proche.

Paniqué, le type fond en sueur. Il cherche désespérément un fauteuil pour sa femme mais toutes les banquettes ont été prises d'assaut par des vieilles qui tricotent ou feuillettent du bout des doigts des magazines people où elles apprennent tant de choses essentielles et utiles à leurs propres vies.

Le type leur demanderait bien un peu de place mais il ne sait pas comment s'y prendre. Et surtout, il est ailleurs. Avec son enfant. Sa vie qui va changer. Qui ne sera plus jamais la même.

Sa femme lui prend les mains et les pose sur son ventre.

– Tu sens comme ça remue ?

Il n'ose pas répondre, il est ailleurs. Déjà père.

Elle pousse un cri et, juste après, lui sourit.

Est-ce que j'ai crié, moi, quand je suis venu au monde ? Qu'est-ce qu'ils ont dit Yann et Olga ? Qu'est-ce qu'ils ont pensé, en me voyant ? Et qu'est-ce qu'ils pensent de moi aujourd'hui ?

Pensent-ils au moins encore à moi ?

La fausse blonde à mèches auburn et à chewing-gum me sort de ma torpeur.

– Qu'est-ce que tu veux ?

Je la regarde droit dans les yeux.

– Voir Emma, si c'est possible.

Elle se gratte les dents avec sa langue. J'entends les bruits et je sens son haleine.

– Emma comment ?

– Le Mevel. Enfin, je crois.

– Tu viens voir une fille et tu n'es pas sûr de son nom, c'est la meilleure.

La meilleure, c'est que vous soyez une poissonnière de première et une connasse de seconde division, je pense, mais laissez tomber, je vais chercher tout seul.

Elle joue avec la souris de son ordinateur. Et continue de se nettoyer les gencives avec les doigts.

– Chambre 5…7.

Elle mâche son chewing-gum à la manière des bœufs dans les champs qui s'ennuient quand leur train a du retard.

Elle me regarde, l'air satisfait. Elle affiche une tronche à faire pâlir un troupeau de rats aveugles et l'haleine qui va avec mais je n'ai pas le choix.

– Comment ?

Elle tire sur son chewing-gum qu'elle tient entre son pouce et son index.

– T'es bouché gamin ?!

– Non, mais…

L'hôtesse replace le chewing-gum dans sa joue.

– Chambre 517. Prends pas l'ascenseur, il est hors service. Les escaliers sont à droite, à côté du service de radiographie.

J'avale l'escalier et les cinq étages en trente secondes ou presque, les quatre-vingts marches qui me séparent de toi et, arrivé devant la chambre 517, j'entends la voix de ton père.

Ça me serre dans le cœur. Je vois encore le camion, ses appels de phare, le crissement de ses freins sur le bitume, le long dérapage, ton visage, le sang sur tes joues.

– Tu cherches quelqu'un ?

Les mains calées dans sa blouse blanche, la femme attend dans le couloir une réponse. Ses mains font des ronds.

– Moi ?

– Oui. Je peux te renseigner ?

– J'attends un pote. Il doit passer une radio des dents mais ça va aller.

Mon front me trahit. Je transpire et j'ai la gorge en feu.

– Tu mens très mal… Je m'appelle Virginie, je suis infirmière. Dis-moi en quoi je peux t'aider.

La porte 517 s'ouvre. J'entends ton père parler par-dessus la télévision. Toi, je ne t'entends pas.

L'infirmière pose une main sur ma tête. Le contact me ramène à la vie.

– Alors, je peux t'aider ?

Je la plante au milieu du couloir, j'entre dans la chambre. Tu es endormie. Putain, qu'est-ce que j'ai foutu ? Les bleus autour de tes yeux. Et ta bouche, coupée et gonflée. Mais qu'est-ce que j'ai foutu ?

Tes parents se lèvent.

– Maxime, c'est ça ? dit ton père. Tu cherches quelque chose ?

Les yeux de tes parents sont trop brillants. Je ne peux pas leur mentir davantage.

– En fait, je m'appelle Arthur. C'est moi qui conduisais le scooter.

Je baisse la tête et je sens les yeux furieux et gonflés de sang de ta mère qui veut me faire la peau. Tant pis, quitte à mourir, je continue.

– C'est pour Emma.

Ta mère intervient.

– Une lettre ? Tu nous voles notre fille, tu l'envoies dans le coma et tu viens avec une lettre ? Tu te moques de qui ?

Je te regarde, mon amour. Tu dors sur le côté. Je ne t'avais jamais vue dormir. Ton père, debout et nerveux, est aussi tétanisé que moi. Ta mère, elle, serre les poings, prête à m'étrangler.

Une dernière fois, je les regarde. Je sais que c'est fini. Alors je dévale les marches, dans ma tête tout se brouille, les quatre-vingts marches me semblent être plus nombreuses, je quitte l'hôpital.

Le soleil vient se loger derrière mes yeux.

C'est un grand voile vert pâle qui m'éblouit.

En face, il y a un fast-food. J'entre dans cette immense friteuse à la toiture rouge vif et aux murs jaunes. Il y a personne, c'est pas encore l'heure, le coup de feu. Ou alors, c'est déjà terminé.

J'approche d'une vendeuse qui a au moins trois oreillettes greffées sur la tronche et son trousseau de clés accroché à sa taille. Je commande des frites, j'ai rien mangé depuis hier. Mes mains tremblent, et dans ma tête c'est le trou noir.

Installé à une table, je scrute le bâtiment où tu es retenue prisonnière. Il sort la tête de la masse d'arbres.

Au cinquième étage, je sais que tu es là.

Je vais m'éclipser, Emma. Tes parents veillent sur toi. Pas la peine de rester, ils me détestent.

Je suis le monstre.

Ils l'ont dit aux infos.

Tu as la lettre. Ce ne sera pas suffisant, je sais. Ça ne te guérira pas. Mais je n'ai plus rien à faire ici. Si tu avais vu les yeux de ta mère. Si tu avais vu la haine.

Mes doigts touchent le fond du carton rouge.

Plus rien. Les frites avalées sans réfléchir. J'essuie mes doigts sur la table. Je jette l'emballage contre la fenêtre et ma tête s'écroule entre mes bras.

Emma

Quinze heures quarante-trois. L'horloge est réparée. C'est ma mère qui a prévenu Virginie lorsqu'elle est venue prendre des nouvelles de ma mémoire et de ma carcasse.

Ma mère a dit :

– L'aiguille n'avance plus. Elle piétine. Ça, à coup sûr, c'est la pile.

La pile. Trois fois rien alors, ai-je pensé quand la femme de ménage est venue la remplacer. Elle est montée sur une chaise, sur la pointe des pieds elle a saisi l'horloge. Elle portait un chemisier avec des cerfs orange imprimés dessus. Elle a retiré la pile qu'elle a jetée dans la poche de sa blouse et j'ai espéré qu'elle allait aussi changer la pile de mon cerveau.

Et que tout allait s'éclaircir. Comme un crépuscule sur la mer. Lorsque le soleil sort la tête de l'eau.

Mes parents étaient absorbés par l'écran de télévision, faussement décontractés dans ce lieu morbide et glauque.

J'ai pensé à la mer et je me suis cachée sous mon drap.

J'ai pensé à la malheureuse qui ne bougeait pas de son lit, pensé aussi que mes parents ne l'avaient toujours pas remarquée. Par politesse ou par mépris, je ne sais pas.

Virginie m'a glissé à l'oreille que c'était normal, leur réaction, qu'ils décompressaient, qu'ils m'avaient retrouvée vivante, qu'ils avaient imaginé le pire.

Mon père a envahi l'unique fauteuil de la chambre, ma mère a posé les fesses sur mon lit, ses mains enserrant l'une des miennes. Tous les deux, et moi avec ce couple qui ne me disait toujours rien. Je n'ai pas encore vu mon visage en entier mais j'ai passé mes doigts sur mon nez et mes oreilles. J'ai essayé de voir ma tête, en laissant de côté les boursouflures et les crevasses. Impossible

– M'man.

Elle a saisi mon autre main.

– Oui.

– Tu sais, toi, pourquoi je suis partie avec Arthur ?

J'ai senti monter un malaise. Dans leur gorge, la salive ne passait plus. Mon père a fait mine de regarder la télévision. Discrètement, il a baissé le son.

Ma mère s'est frictionné l'avant-bras.

– Oublie-le, tu veux. C'est un jeune du foyer. Il est sûrement parti se cacher.

Mon père a éteint la télé très calmement et a posé la télécommande sur le rebord du fauteuil.

Son visage est devenu grave.

– N'importe quoi. Tu racontes vraiment n'importe quoi. Tu veux vraiment savoir ?

J'étais partagée entre l'excitation et la peur. J'ai fait un signe de tête. Et mon père s'est lancé.

En direction de ma mère, il a fait :

– Emma doit savoir.

Puis, droit dans les yeux, il a dit :

– Hier, ta mère m'a avoué qu'il y avait un autre homme dans sa vie.

Ma mère a quitté la chambre en claquant la porte. La pauvre femme, dans le lit d'à côté, a sursauté.

J'ai regardé mon père. Sous la peau de son visage, son sang peinait à circuler. Il a avancé le fauteuil, s'est assis dedans et a murmuré pour ne pas être entendu :

– Tu vois comme c'est bas. Je veux divorcer mais elle refuse. Elle dit que c'est une mauvaise passe. Elle a rompu mais ça ne passe pas. Tu te rends compte ? Six mois qu'elle me ment. Ne m'en veux pas, ma chérie, mais c'est au-dessus de mes forces. Je n'ai pas à te parler de ça. Mais j'en ai assez des mensonges. Tu comprends ?

Il a sorti une lettre de sa poche.

– Tiens, c'est pour toi. Arthur est passé tout à l'heure. Tu dormais. Ta mère ne voulait pas qu'on te la donne. Mais c'est peut-être important.

J'ai saisi le papier. On aurait dit une fiche de l'hôpital. Il y avait le logo dessus, en haut à gauche. J'ai posé la lettre sur mon ventre, j'ai fermé les yeux.

J'ai entendu la porte se refermer doucement.

Le silence m'a prise dans ses bras. Dans le couloir, les pas de mon père claquaient, retentissaient jusqu'à l'infini.

Arthur

Ça fait un grincement terrible lorsqu'il s'assoit. Il pose son hamburger triple steak, ses frites et son coca devant lui et, sans me regarder, il dévore le tout. S'essuyant par moments les doigts avec des serviettes en papier. La sauce coule sur ses poignets, il lèche son bras et l'essuie avec son tee-shirt.

Me suis revu, à six ans, quand je fouillais les placards, en grimpant sur une chaise. Quand je découvrais qu'ils étaient vides. Quand je retournais la cuisine à la recherche de n'importe quoi. J'allais réveiller ma mère qui avait fermé sa chambre à clé. Je criais que j'avais mal au ventre, que mon estomac n'en pouvait plus. J'entendais des grognements. Sous la porte, ça puait l'alcool. Elle me disait d'aller chez Taffarec. Arrivé là-bas, la voisine taillait une tartine dans du pain tendre qu'elle recouvrait de beurre demi-sel et d'une barre de chocolat. Je me souviens parfaitement de ses yeux lorsque j'arrivais. Et de ma honte. D'être là. Heureusement, Amélie m'invitait dans sa chambre. On jouait à tous ses jeux. On déballait tout sur le lit et on sautait dessus.

Dans le fast-food, des jeunes défilent, font la queue, un casque à la main, le portable dans l'autre. Les tables se remplissent. Les jeunes engloutissent des glaces recouvertes de caramel et de noisettes pilées. Ils bavardent et je n'arrive pas à saisir le moindre mot. Les bouches s'ouvrent en grand et je n'y comprends rien.

Un clown au regard assoiffé de pognon ou de sang vante les mérites du dernier burger sauce tomate, oignons, crème fraîche.

Je lui cracherais bien à la gueule. À lui, comme à tous ces merdeux, si sûrs d'eux que ça en donne la nausée.

– Salut.

Je ne lui réponds pas. Mes yeux cherchent ailleurs mais je suis toujours dans la même vie. Je fouille dans mes poches, à la recherche de n'importe quoi pour m'occuper. J'en sors un fil que je tortille autour de mon pouce.

Le regard bleu comme un chat, il me sourit.

– Ça te dit d'aller dehors ? À moins que… T'attends quelqu'un ?

– Si on veut.

– Moi, c'est Thomas.

Et il me tend la main. La mienne est sale et collante. Et puante aussi. Je l'essuie contre mon jean. Sous la table, j'essaie de retirer la crasse agglutinée sous mes ongles.

On sort et le ciel s'est chargé de nuages noirs et gris. Comme une couverture sale. Comme le fond d'une grotte.

– Il est à toi, le scooter ?

– Ouais. Pourquoi, tu veux me l'acheter ?

Il a de très grandes gencives roses qui font encore plus ressortir ses dents. Il sort une clope de la poche arrière de son jean. Mon paquet est vide. Au foyer, on nous flique pas mal. Pour, j'imagine, préserver notre santé. On nous fait les poches tous les soirs avant d'aller au pieu. Parce que, c'est connu, on passe notre temps à dealer de la drogue et à braquer des banques.

– Tu m'en filerais une ?

– Sers-toi. Ça me fera toujours ça de moins quand j'aurai mon cancer.

J'allume et j'aspire au maximum la fumée. La première bouffée, comme dit Maxime, c'est la meilleure.

Devant nous, un type enfile un casque et fait ronfler le moteur de sa moto. Il abaisse sa visière, regarde ses cale-pieds, replace ses gants et s'enfuit.

Une fois le silence revenu, Thomas me sourit.

– Alors, tu me l'achètes ?

– Quoi ?

– Ben, mon scooter.

– Laisse tomber. Je peux te demander de me poser quelque part ?

– Ouais. Par contre, j'ai qu'un casque.

Je m'assois derrière lui. Je pense à toi, mon amour. À la confiance que tu avais placée en moi. Comme nous étions bien, tous les deux, avec le paysage qui disparaissait sous nos yeux.

Thomas démarre, les secousses du moteur me font trembler et nous rejoignons un lotissement, à l'écart du centre, près des falaises blanches et des forêts de pins.

Le lotissement est désert. Les nombreuses places de parking sont squattées par les mouettes qui cherchent on ne sait quoi, peut-être des vers ? Peut-être des fourmis ? Qu'est-ce que ça bouffe ce genre d'oiseau ?

Je passe par-dessus la grille. Thomas tient son casque au niveau du coude.

– Tu m'attends ?

– Non, je viens avec toi.

Thomas laisse son sourire dans son casque et escalade comme un albatros le portail pourtant facilement accessible. L'herbe haute nous fouette les genoux. Thomas reste derrière moi, comme le ferait un petit frère.

On contourne la maison et je farfouille sous le paillasson. Une couleuvre qui dormait se carapate en deux secondes à travers le jardin. Je farfouille encore et je la trouve.

La clé.

Au centre du paillasson, accompagné de pince-oreilles et d'une colonie de grosses fourmis noires.

Un éclair éclate. L'aubépine dans le jardin manque de chavirer. Ses branches font peine à voir. Thomas se tourne vers moi, son sourire toujours calé dans le fond de son casque.

Et le téléphone dans la maison sonne.

Une, deux, trois fois.

Thomas est tétanisé. Je regarde autour et, dans la maison voisine, une lumière s'allume. Thomas file s'abriter sous la terrasse mais je le tire par le bras.

– Alors, qu'est-ce tu fous ?

On court comme des jaguars jusqu'au portail. En quittant la maison, on entend encore le téléphone sonner.

Thomas se dirige vers son scooter, je cours loin devant, je l'appelle. Il laisse son casque sur son rétro et me suit.

On court au milieu de la route. Les bagnoles klaxonnent. Je suis bien. La flotte déborde des caniveaux et les phares blanchissent les murs assombris.

Je t'ai promis de t'emmener loin. Je connais une baraque abandonnée presque toute l'année, près des falaises et des grottes.

35, rue du Moulin.

Les proprios sont des Anglais à la retraite. De temps en temps, un voisin vient aérer.

J'ai piqué la clé.

Tu m'entends Emma ? On a la maison, la belle avec la terrasse, l'aubépine et le vieux pied de lavande, rien que pour nous. Quand tu iras mieux, on pourra y vivre.

La pluie continue. Mes cheveux collent à mon front. La pluie m'empêche de voir. On se réfugie sous la falaise, dans la grotte de calcaire creusée par la mer. Thomas se secoue comme un chien qui a pris une bonne saucée alors qu'il dormait tranquillement dans l'herbe.

Je le regarde. Il me ferait presque marrer, avec ses cheveux ébouriffés, son tee-shirt collé à ses épaules et son paquet de clopes trempé.

Je suis bien. Parce que je t'aime. Je vais revenir. Tant pis, rien à foutre de tes parents, Thomas me filera son scooter, c'est sûr.

Emma, tu m'entends ?

J'ai gardé la clé.

Emma

Deux petits coups énergiques. La porte lentement s'ouvre sans attendre de réponse. Le Dr Gauthier est de retour. Il passe devant mon lit et m'adresse un sourire contenu. Arrivé à ma hauteur, il lance un discret : « Ça va ? »

Je lui réponds en clignant des yeux.

Mais ce n'est pas pour moi.

Il s'approche d'elle et lui parle doucement. Ses mains aux longs doigts touchent tout ce qui vient à eux avec une infinie délicatesse.

Il l'aide à s'asseoir. Elle y parvient. J'ai honte mais je l'envie de tenir assise. Moi, comme une pieuvre, flasque et sans os, je n'ai pas d'allure. Comme une méduse échouée.

Elle se racle la gorge, se masse la nuque en permanence. Elle est fatiguée. Son corps engourdi se réveille lentement. Elle répond par signes de tête. Le Dr Gauthier est mal à l'aise. La rassure comme il peut, avec sa voix apaisante et profonde.

Son visage est tellement griffé.

Il consulte son dossier, fixe un long moment le cadre où les vagues se fracassent contre le phare en noir et blanc et dit qu'il repassera.

L'horloge tourne en spirale, je suis la trotteuse qui martèle inlassablement son rythme lent et inéluctable.

Et si je pouvais la faire reculer ? Alors je saurais tout.

Je serais dans les bras d'Arthur, peut-être au chaud sur le sable, blottis sous une couverture. À écouter les mouettes crier parce qu'on leur vole leur plage.

La femme se racle encore la gorge. Elle sent que je l'observe. Son visage rougit par endroits. Son visage se tourne et j'ai face à moi ses joues tailladées. Sa peau déchirée. Il est trop tard pour faire marche arrière.

– Je m'appelle Emma.

Sa bouche s'ouvre mais aucun son n'en sort.

– Vous voulez que je rallume la télé ?

– Non.

Ça ne fait presque pas de bruit et pourtant ça déchire mon ventre quand elle me dit avant de se tourner :

– Moi, c'est Olga.

Olga pleure, sans bruit. Les épaules calées dans l'oreiller, ses yeux regardent le plafond et ses mains sont réunies autour de sa gorge.

Arthur

Les murs, les vitrines, les tuiles, les poubelles, les chats. Ce sont des tonnes de litres d'eau qui s'affalent violemment sur le sol. Partout, à sa surface, la mer est trouée.

On quitte la grotte pour l'abribus juste devant. On s'assoit sur le banc en fer et tagué de mille couleurs.

Thomas tente de se griller une cigarette. Le bout noircit alors il la jette dans une flaque.

– Qu'est-ce tu vas en foutre de la clé ?

– T'occupe… Merci de m'avoir emmené.

Un bus jaune et vert de touristes s'arrête à notre hauteur. Les blaireaux prennent en photo les falaises, les grottes, les pins qui poussent en diagonale, les fleurs, sans rien regarder.

Le bus s'apprête à repartir lorsque le conducteur m'aperçoit. Je lui fais signe de partir.

– Pourquoi t'es là, toi ?

Je colle mon visage contre la vitre. Le bus repart, les blaireaux gardent leur appareil autour du cou. Pour être sûr de ne rien rater.

– Ça t'intéresse ?

– Ouais. Moi, mon père est toubib dans l'hôpital. J'attends la fin de son service.

Je ne dis rien. Parce qu'il n'y a rien à dire. En une seconde me vient l'idée que son père t'a vue, Emma. Et puis, rien qu'à voir la taille de l'hôpital, ils doivent être des dizaines là-dedans.

Il insiste.

– Et toi ?

– C'est compliqué.

Thomas sort un MP3 de sa poche.

– Raconte toujours.

Devant son insistance, je cède.

– Pour ma copine.

– Grave ?

– Elle s'est plantée en scooter. Elle était dans le coma jusqu'à ce matin.

Son regard se visse dans le mien et je déteste ça. Mais de quel droit il me mate comme ça, celui-là ? Est-ce que je lui pose des questions sur sa vie, moi ?

Il sort de sa poche un petit cutter et me dit :

– Ton nom c'est… ?

– Arthur.

– Roi de Bretagne. Et ta copine ?

– Emma.

– C'est marrant ça, j'en connais une dans mon bahut. Une belle blonde aux cheveux longs. Elle joue du piano dans la même harmonie que moi. Mais laisse tomber, c'est une fille de bourge.

– T'es à Camus ?

– Ouais.

– Alors, ça doit être elle.

– Mais qu'est-ce qu'elle fout avec un type comme toi ?

Et il se met à rire.

Je fais diversion.
– Qu'est-ce que t'écoutes ?
– Tu connais pas.
– Crâneur ! Et c'est bien ?
– Essaie. Faut aimer le jazz.
Il me file ses écouteurs. La chanteuse a une voix cassée et rassurante. Je ferme les yeux, la pluie parvenant jusqu'à mes pieds. Les baskets trempées, je ne cherche même pas à les pousser.

Thomas écrit « Arthur & Emma » avec son cutter. Dans la vitre de l'abribus, il taille chaque lettre en majuscule. Je le regarde faire. J'ai toujours trouvé ça nul, les prénoms accolés. Là, je trouve ça sublime. Il s'exécute très vite. Après, il range son cutter. Et replace ses écouteurs sur ses oreilles refroidies par le vent. Il opine de la tête, tape du pied.

La pluie s'abat sur nos deux prénoms. L'eau s'infiltre dans les lettres. Je pense à toi. Dans ma poche, la clé me griffe la cuisse.
Je me lève, Thomas danse sur lui-même.

Je pars en courant. Le vent me fait valser. Il souffle si fort que les bourrasques m'envoient contre les murs en pierres des maisons. Je regarde la mer, les courants et les mouettes qui se laissent aller, sans craindre les falaises.

J'entends Thomas beugler au loin :
– Arthur, tu vas où ? Hey, attends !

Emma

Olga a fait un malaise. Sur l'horloge, il était dix-sept heures quatre. Elle s'est mise à convulser. Elle était allongée et puis tout à coup, ses bras, ses jambes, plus rien n'a répondu à son cerveau. Ses yeux partaient, on ne voyait plus que des billes blanches et de la salive en quantité coulait le long de sa bouche.

J'ai cru qu'elle était sur le point de mourir. J'ai vraiment cru que j'allais la perdre. J'ai appelé Virginie qui a averti deux autres infirmiers et ils l'ont emmenée.

Et depuis je ne sais pas.

Virginie et le Dr Gauthier paraissaient nerveux. Dans leurs yeux, j'ai vu l'inquiétude. J'ai senti l'angoisse.

Elle est venue jusque sous ma peau. Et j'ai tremblé.

Mes parents sont revenus après le malaise d'Olga. Ma mère s'était acheté des mots croisés à l'accueil et mon père un magazine sur la pêche en eaux douces.

Ils n'ont rien dit à propos de leur dispute.

Tout paraissait être oublié. Mais j'ai bien compris que c'était juste pour moi. C'était une belle unité de façade.

À présent, ils sont plongés dans leurs magazines. Ils n'en sortent pas leur nez. Je crois qu'ils ont réalisé. L'ampleur des dégâts. Le plus dur, c'est de faire table rase des souvenirs.

À quoi servent alors les kilos de photos ?

Ce qu'ils ont vécu ?

Derrière leurs magazines, ils sont tristes et n'osent rien montrer. Rien me montrer.

Ça frappe. Ma mère va ouvrir. Virginie.

Elle vient me dire au revoir. Et me montrer les radios de mon dos. Le Dr Gauthier ne va pas tarder. La colonne n'est pas touchée. Je vais pouvoir remarcher. C'est une chance.

Arthur, tu entends ça ? Je vais remarcher !

Quand Virginie reviendra, je serai sortie. Echappée d'ici.

Et sur mes deux jambes.

Elle part avec son amoureux dans les montagnes. Ses parents habitent dans un chalet au milieu d'une forêt. Au programme, ce sera randonnées, baignades dans les torrents et gâteau à la broche. Elle me jure qu'elle m'enverra une carte postale pleine d'air frais et d'edelweiss. Elle compte prendre en photo des ours, elle les guettera toute la nuit, derrière un rocher, l'œil rivé près de l'objectif.

Ça me serre partout et, pour aspirer l'air, c'est difficile.

Elle salue discrètement mes parents qui n'ont même pas vu mes larmes. Elle me fait un clin d'œil.

J'aurais voulu une fanfare. Un bordel monstre. Une tempête.

N'importe quoi.
La foudre, même, pour tout faire éclater.
Et qu'au milieu du chaos, revienne ma mémoire.

Arthur

Emma,
Tout va s'arranger. J'arrive. Je vais tout raconter à la police.

À mon avis, tes parents vont t'interdire de me revoir.

Mais on va se revoir, je te jure.
Dans cette lettre, il y a une clé. C'est au 35, rue du Moulin.
J'y serai.

Je sens le regard de Thomas par-dessus mon épaule.
– Ça va, te gêne pas ! Faut encore que je me tire ?
Son sourire me fait peur.
– Pourquoi tu t'es mis à courir tout à l'heure ?
– Pour plus voir ta tronche.
Thomas explose de rire.
– Tu sais que t'es mignon quand tu t'énerves, toi ?
Je suis obligé de lâcher prise.

– Tu peux partir maintenant, tu sais.

– Et comment tu vas retourner à l'hosto ?

Il se marre avec une voix d'ours. Il joue à l'homme. J'en ai connu des tas de types au foyer qui s'envoyaient des coups dans le torse, dans les abdos. Comme ça, juste pour déconner. Quand on les croise dans les couloirs avec Maxime, ils serrent fort la main. Comme des bœufs. Jusqu'à écraser les doigts.

Il se penche jusqu'à l'horizontale, tellement qu'il se tient d'une main pour ne pas tomber.

– Tu me fais lire ?

Je plie la lettre en trois.

– Dans tes rêves.

– T'es trop sérieux, comme mec.

– Et toi, une vraie plaie.

Je ne sais pas pourquoi il est toujours collé à mes basques.

– Il finit à quelle heure ton père ?

– Aucune idée. D'habitude, dix-huit heures. Il devrait pas tarder. Tu peux déjà plus me saquer ?

– Pourquoi tu l'attends pas chez toi ?

Sans m'en rendre compte, je rentre dans son jeu.

Il me dit, en imitant ma voix, la bouche serrée et l'air accablé.

– C'est compliqué.

Il se marre de plus belle. Je songe aux gamins devant les grimaces des clowns. Leur rire franc. Nerveux. Qui résonne loin.

– Fous-toi de ma gueule.

– Mes parents sont séparés. Le week-end, je suis chez mon vieux. Et comme il a pas d'heures fixes, je traîne en ville et après je viens ici. D't'façon, ma mère veut pas de moi. Elle s'est trouvé un Argentin de vingt-sept piges. Elle veut pas que je les mate s'embrasser tout l'aprèm sur le canapé.

Pour la première fois, son sourire se brise. Son visage change.

Il ferme les paupières. Il laisse le silence s'installer.

Alors je prends le relais.
– En fait, c'est moi qui conduisais.
Ses yeux s'ouvrent à l'infini.
– Quoi ?
– Le scooter. J'avais bu. J'ai pas vu le camion.
C'est sorti comme une balle. Ça a perforé ma poitrine.
– Et comment tu te sens ?
Je le regarde, droit dans les yeux.
– Devine.
Il m'attrape par le cou.
– Bon, qu'est-ce qu'on fout là ?
Ma respiration se coupe.

On enfourche son scooter. Je pense à Emma, à Yann, à Olga. À Emilia. Dans ma tête, leurs visages défilent en même temps que les rues qu'on avale à toute allure. La voix de Richard se glisse parmi eux. Aussi celle de Maxime avec ses joints et ses ronds avec la fumée et moi qui coursais les mouettes qui s'envolaient toujours avant que je ne les attrape.

On coupe la route devant une bagnole qui nous fait des appels de phare et on slalome entre les flaques.

Emma

Fausse alerte. Olga a regagné notre chambre. Les brancardiers l'ont ramenée, elle était assise sur le lit qui flottait sur le sol, la tête baissée, les roulettes aussi silencieuses que les coussinets d'un chat.

Depuis, elle regarde dehors. Alors, ma mère s'approche, à pas de loup, commence par remettre en place le drap et, pour entrer réellement en contact, choisit la météo.

Olga la regarde, reprenant chacun de ses mots, lisant sur ses lèvres et ma mère, les bras croisés et encouragée par les yeux brillants d'Olga, continue son monologue. Et tout y passe. Les nuages. Le vent. Le soleil. La canicule. Les brûlures. L'herbe grillée. Et puis. La pluie. La grêle. Le brouillard. La neige. La tempête.

Voyant le désastre, j'interviens.
– Maman, tu vois bien qu'elle est fatiguée…

Olga sourit pour la première fois et c'est peut-être méchant mais elle est plus belle quand elle ne sourit pas.

– C'est bon, ça va.

Ma mère s'adosse contre le mur et poursuit :

– Qu'est-ce qui s'est passé pour vous ?

Olga se masse le pouce droit avec sa main gauche. Pour le réveiller ou le protéger du monde, je ne sais pas.

Ma mère, décidément pas croyable de culot, ne lâche pas.

– Vous avez des enfants ?

Olga rend les armes.

– Un fils.

– Il sait que vous êtes là ?

– Je ne crois pas. Non.

Une fois le rideau remis en place et la fenêtre entièrement nettoyée par son doigt et sa salive, ma mère s'approche.

– Je suis désolée… Et il est où, votre fils ?

Olga scrute le plafond.

– Dans un foyer.

– Ici ?

– En ville.

– Alors pourquoi vous n'allez pas le voir ?

Sa tête se tourne vers le parc, précisément vers un bassin abandonné dont les nénuphars ont envahi la moitié de la surface.

– Il m'a sûrement oubliée. C'est mieux comme ça.

– Comment en êtes-vous aussi sûre ? Vous devriez aller le voir.

– Je ne peux pas.

Ma mère se frotte les cuisses.

– Mais si, vous pouvez !

– Non, c'est impossible.

– Mais pourquoi ?

Olga se redresse brusquement et je sursaute. La discussion entre ma mère et Olga me donne l'impression d'un combat au bord d'un précipice. Ses lèvres hésitent puis finalement restent closes. Elle baisse les yeux et le néant envahit la pièce.

Je pense à toi, Arthur.

C'est ta mère, Olga. Elle est là, Arthur. Je suis sûr que c'est elle. Elle t'a peut-être croisé mille fois en ville sans savoir que c'était toi. Elle te cherche.

Je lui tends la lettre.

– Je crois que vous devriez lire ça.

Elle lit et ses yeux s'arrêtent sur chaque mot. Elle la replie et pose ses mains sur son visage.

Mon père feuillette son magazine et j'aperçois au fil des pages des rivières baladant des barques et des pêcheurs.

La télévision donne à nouveau de la voix. Il est question de crise économique, de flambées du pétrole, de fermetures d'usine, d'employés prêts à mourir attachés à des bouteilles de gaz.

Après, le sosie de Virginie Ledoyen nous annonce la météo et on va encore se prendre des seaux d'eau sur la tête. Des seaux d'eau entrecoupés d'éclaircies fugaces.

Mais la télé, à part les murs et peut-être mon père, personne dans cette chambre ne semble l'écouter.

Arthur

Trempés de la tête aux pieds, on est retournés près du bassin. Mais avant, on a laissé son scooter chez sa mère. Elle l'a accueilli super froidement. La porte du garage s'est ouverte, il faisait sombre à l'intérieur. Thomas m'a demandé de l'attendre dans la rue.

Assis sur un banc, Thomas s'amuse à le taillader avec son cutter. Il racle le verni et la peinture, découpe des lamelles de bois, ça sent le sapin, je collerais bien mon nez dessus pour renifler les odeurs de bois mélangées à la pluie.

– Comment tu l'as rencontrée ?
– Emma ?
– Oui.
– À la médiathèque.
– Tu vas là-bas, toi ?
– Ben oui, tu vois, même les cas sociaux y ont droit.
– Et ?
– Elle cherchait un bouquin de Tchekhov, et voilà.

– Et c'est toi qui l'as aidée ?

– Quand j'étais petit, ma mère avait tous les bouquins de ce type.

– Ah, je vois ! Tu l'as baratinée !

– Même pas. Bon, lâche-moi, tu veux ?

Thomas jette un œil sur son portable avant de me le filer.

– T'es prêt ?

C'est, selon lui, la première étape.

Je compose le numéro et c'est à chaque chiffre difficile de continuer. Ça sonne et je me demande ce que j'attends pour raccrocher.

Pour me débarrasser des palpitations qui agitent ma gorge, je tourne autour du bassin. Thomas jette des cailloux sur la rainette qui ne bouge pas, même bombardée.

– Richard ?

– Arthur ? Mais t'es où ? T'es où bordel ?

– J'ai fait une connerie.

– Ouais, tu t'es fait la malle. Le dirlo est furax. Mais qu'est-ce qui t'a pris ?

– J'en sais rien.

– Tu sais que les flics te cherchent dans toute la ville.

– Alors ils ne vont pas avoir de mal à me trouver.

– Qu'est-ce que tu croyais en partant avec mon scooter ? Tu voulais faire le tour du monde ? Tu m'écoutes ? Bon, t'es où ?

Je retire le portable de mon oreille. Thomas me fait des yeux dignes d'un tueur si je ne lui réponds pas.

– Devant l'hosto.

– Bon, bouge pas. J'arrive.

Il me raccroche au nez. Je regarde Thomas et je me demande encore pourquoi j'écoute les conseils de ce fils de bourge.

Après avoir canardé la grenouille, Thomas mâchouille une brindille et relève la tête, tout sourire.

– Alors, qu'est-ce qu'il a dit ?

Emma

Ils ont transféré Olga à un autre étage. Une place en chambre individuelle s'est libérée plus rapidement que prévu. Les trois rockeurs qui l'ont amenée sont venus la rechercher. Elle m'a regardée intensément et j'ai eu peur des balafres sur son visage.

C'était à dix-huit heures et quarante-deux minutes sur l'horloge. Au moment de quitter la pièce, Olga s'est retournée.

– Emma, prends soin de mon Arthur.

– Et vous, promettez-moi d'aller le voir.

Elle m'a souhaité bon courage du bout des lèvres et, pour la remercier, j'ai fermé longtemps les yeux.

Ma mère n'a pu s'empêcher de lui prodiguer un ou deux conseils et mon père l'a vaguement saluée, retournant aussi sec à ses hameçons et ses filets.

La journée fond à vue d'œil, le soleil faiblit peu à peu et je finis ma première journée de vie.

Les photos, les souvenirs, les efforts de mes parents.
Rien n'y a fait.

Demain, j'aurai le droit de voir mon visage.
Demain, pas avant.
Suis-je si défigurée que cela ?
Est-ce que ce sera si difficile à supporter ?

Le Dr Gauthier a parlé d'étapes. D'y aller doucement. Selon lui, j'ai le temps. Il ne veut surtout pas que je me précipite.

En attendant que mon corps recolle ses os et ses souvenirs, j'ai décidé d'oublier l'horloge et j'écoute mon père me parler d'Emma.

De mes amies. De mon goût pour la musique classique. Debussy. Ravel. Offenbach.

De tante Suzanne. De son voyage en Indonésie et comme ça l'a bouleversée. De la première fois où j'ai plongé les pieds dans la mer. Quand j'ai déclamé qu'elle était marron et pleine de microbes et que je n'irai plus jamais.

La première fois où j'ai marché dans le jardin. Où il a retiré les roulettes de mon vélo. De mes larmes quand je n'arrivais pas à dormir. De ma peur du noir. De la veilleuse que je ne quittais pas des yeux. Une étoile rouge.

Des autocollants qui inondaient mon armoire. De mes chanteuses préférées. De mon goût immodéré pour le Nutella et la confiture de myrtilles.

Je l'écoute. Patiemment, je l'écoute.

Je pense à toi, Arthur. J'ai hâte de te dire que ta mère est tout près de toi.

Arthur

Son père lui a fait signe depuis sa voiture. Une noire et brillante. Il a écrit son numéro dans ma main. Il m'a laissé son MP3. Je l'ai averti que le foyer nous faisait les poches tous les soirs. Il s'en foutait. Il a gloussé. Il me l'a collé dans la main. « Pour qu'on soit obligés de se revoir », il a dit avant de disparaître derrière les vitres teintées.

Le ciel est blanc. C'est comme si, en partant, Thomas avait embarqué les gros nuages noirs qui nous enfermaient.

Bien aidé par le vent qui en a chassé en un rien de temps. On aperçoit à l'horizon de petites bandes grisâtres comme des filaments. Preuve que le mauvais temps s'est envolé.

J'entends une sirène que je connais bien.

Quand ils venaient au foyer, ils pouvaient la laisser longtemps en marche. Parfois même, ils la laissaient tout le temps de leur visite. Certains regardaient le gyrophare s'allumer puis disparaître. Comme la lumière d'un phare, plongé dans la nuit.

Les flics sont au bout de la rue, je les entends. Comme aspirés par la circulation des bagnoles, ils approchent.

Richard a été un bon soldat. Il a bien rempli son rôle. Lui dormira tranquille.

Ils sortent de leur voiture. Mâchent des cure-dents. Crachent des bouts de bois. De vrais shérifs. Leur monture broute l'herbe des parterres de marguerites.

Ils sont deux. Richard ne va pas tarder. Ils regardent autour d'eux et, comme je suis le seul à les observer, ils viennent à moi, une main sur leur arme. Pour intimider la clientèle, comme disait souvent Maxime.

Je les suis des yeux. Allez-y, je suis prêt. Dégainez. Je ne suis pas armé. Ne vous gênez pas. Passez-moi les menottes. Lancez votre lasso. Le monstre est à terre.

Sur le parking de l'hôpital, les voitures déguerpissent une à une. Se sauvent avant la nuit. Les moteurs laissent échapper des gouttes d'huile qui s'infiltrent dans le béton gris pâle.

L'un d'eux me dit :

– Tu es Arthur ?

Il est grand. Immense. Le visage grignoté de chaque côté par les rayons du soleil du soir, il avance.

L'autre, parfumé et les mains moites, me tient les bras.

Pas la peine de leur répondre. Ils ont ma photo dans les mains. Je me contente d'un signe de tête.

Une rafale fait frémir les branches des arbres. Et s'ils les faisaient bouger tout seuls ? Comme pour me dire de m'enfuir ?

Le vent arrache des feuilles qui tombent sur le pare-brise de la bagnole des flics. Ils regardent autour d'eux.

Une ambulance déboule à toute vitesse et se gare en travers de la route. Deux infirmiers en sortent, accompagnés d'un type, allongé sur une civière.

Le soleil, qui est descendu d'un étage, m'éblouit. Je ne vois plus leurs visages. Je ne vois plus rien.

Seul, face à mes toreros, les yeux fermés, j'ouvre grand la bouche et je me lance.

– Est-ce qu'avant, je peux voir Emma ?

Emma

Ma mère mange la pomme qui reste de mon plateau-repas quand on entre dans la chambre.

– Emma ?

Sa voix me réchauffe.

– Emma ? C'est moi, c'est Arthur.

Je l'imaginais plus grave et plus assurée. Tu te rends compte, Arthur, même ta voix, je n'en ai plus aucun souvenir. Toutes ces heures, j'ai dû l'inventer. Et ton visage, aussi. J'ai bien tenté de respirer ta lettre. Mais ça sentait le papier. Ça m'a presque fait pleurer. Ça ne sentait rien d'autre.

Tu t'approches et je ferme vite les yeux. Tu poses ta main sur mon ventre. Des siècles que j'attends ça. La béance se referme.

Et ça bourdonne dans mes oreilles. Comme après une après-midi au bord de l'eau quand les vagues donnent de la voix et que les falaises encerclent le vent, obligé de tournoyer sans cesse.

Il paraît que je suis née ici. J'aimerais tellement me rappeler ces baignades, ces éclaboussures. Ces rires dans l'eau.

Tu crois qu'on y allait ensemble ?

Tu crois qu'on s'embrassait sous les vagues ?

J'ouvre un œil et l'étau autour de mon cou se desserre.

Tu me fais face, ta bouche n'a pas de mot mais tes yeux fondent comme la poudreuse sous le soleil blanc.

Accompagné d'un grand type qui a une main sur ton épaule. Et de deux policiers.

Dis-moi, pourquoi est-ce qu'ils te tiennent ?

Tes yeux semblent fatigués. Tu me malaxes la nuque.

– Emma, c'est moi. Tu me reconnais ? Écoute, je dois y aller. J'ai pas le choix. Je vais tout leur raconter, t'inquiète pas.

Un policier te prend par le bras, tu as juste le temps de glisser sous mon drap une lettre pliée en trois.

Et une clé.

Et tu quittes la chambre en essuyant l'eau qui coule sur ton menton.

Je n'ai pas pu te répondre. Mon corps vide m'a lâchée. Ma langue est tombée. Je n'ai pas eu le temps de te dire que ta mère est là. Elle ne t'a pas abandonné, Arthur, crois-moi.

Le grand type te précède et l'autre policier ferme la porte.

Je veux me redresser mais mon corps me tient, comme si j'étais attachée.

Ma mère cherche à me rassurer, dit des tas de choses horribles sur toi mais ce sont tes pas que j'écoute lentement s'éloigner et, sans savoir pourquoi, je souris.

Peut-être parce que je sens à nouveau ma main ?

Peut-être parce que dedans je sens la clé ?

Parce que
sans eux
cette histoire
n'aurait jamais
vu le jour,
merci à Sylvie Gracia
et à Olivier Adam.

Ouvrage réalisé par
Cédric Cailhol Infographiste.

Reproduit et achevé d'imprimer
par l'Imprimerie France-Quercy à Mercuès
en février 2011.

Dépôt légal : **mars 2011**
N° d'impression : **10042/**
ISBN : **978-2-8126-0202-3**
Imprimé en France